소설 · 알렉산드리아

소설 · 알렉산드리아

초판 1쇄 발행 _ 2009년 9월 21일
개정판 1쇄 발행 _ 2020년 12월 5일

지은이 _ 이병주
엮은이 _ 이병주기념사업회
펴낸곳 _ 바이북스
펴낸이 _ 윤옥초
책임 편집 _ 김태윤
책임 디자인 _ 이민영

ISBN _ 979-11-5877-213-0 03810

등록 _ 2005. 7. 12 | 제 313-2005-000148호

서울시 영등포구 선유로49길 23 아이에스비즈타워2차 1005호
편집 02)333-0812 | 마케팅 02)333-9918 | 팩스 02)333-9960
이메일 postmaster@bybooks.co.kr
홈페이지 www.bybooks.co.kr

책값은 뒤표지에 있습니다.
책으로 아름다운 세상을 만듭니다. ― 바이북스

미래를 함께 꿈꿀 작가님의 참신한 아이디어나 원고를 기다립니다.
이메일로 접수한 원고는 검토 후 연락드리겠습니다.

이병주 소설

소설·알렉산드리아

이병주기념사업회 엮음

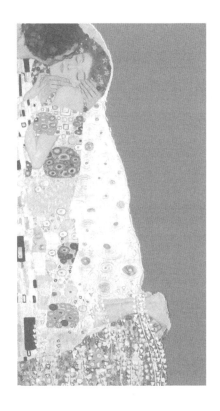

바이북스
ByBooks

일러두기

1. 이 작품은 1965년 6월 월간 《세대》에 실린 중편소설이다.

2. 연재 당시의 내용을 그대로 살리되, 편집상의 오류를 바로잡고 기본 맞춤법
   은 오늘에 맞게 수정했다.

차례

소설 · 알렉산드리아

밤이 깔렸다.

짙게 깔려진 밤을 바탕으로 수백만의 전등불이 알렉산드리아의 밀도와 지형 그대로의 현란한 수繡를 아로새긴다. 밀집한 성좌와 같은 그 현란한 등불의 수는 중천에까지 하레이션을 서리우고 하레이션 저편엔 어두운 허공, 그 위에 드높이 천상의 성좌가 고요하다.

고요한 천상의 성좌와 알렉산드리아란 이름의 요란한 지상의 성좌 사이에서 이제야 겨우 나는 나를 되찾은 느낌인데, 되찾은 꼴이라야 허탈해 버린 에트랑제가 초라한 호텔의 다락방 창가에 앉아 있는 것이다.

나는 아까 읽었던, 형에게서 온 편지를 다시 집어 든다. 대한

민국의 수도 서울에 있는 서대문 형무소의 두터운 벽을 뚫고 나온, 그리고 몇 개의 산과 들, 대양을 건너 이 고도古都의 미로처럼 얽힌 골목길을 돌고 돌아 내 손에 쥐어진 편지. 낡은 달걀 빛깔의 봉함엽서 가득히 깨알만 한 글자로 꽉 채운 편지를 보고 있으면 편지의 모양 그것이 형의 답답한 심상을 그대로 말하는 것 같다.

"……영하 20도라고 한다. 감방은 영락없이 냉동고다. 천장만 덩실하게 높은 이 비좁은 감방에 세 사람이 웅크리고 앉았는데 그 입김이 유리창에 서려 하늘로 통하는 유일한 창구는 하얗게 두툼하게 얼어붙었다. 조금 받아 놓은 물도 돌덩이처럼 얼어붙었다. 방 한구석에 놓인 변기통도 얼어붙었다.

숨을 쉴 때마다 콧구멍이 따끔따끔하다. 콧속의 털이 얼었다가 녹았다가 하는 것이다. 자연은 그 모든 위세를 총동원해서 만상을 얼어붙이려고 기를 쓰고 있는 모양이다. 그러나 나는 기적처럼 얼지 않고 있다. 양어깨를 쪼아 숨이 가쁘리만큼 폐장과 심장을 압박하는 자세로 앉아 있기는 하나, 나는 결코 얼어붙지 않는다. 어머니에게서 물려받은 체온 36도 5분의 기적을 이처럼 야무지게 활용하고 있는 것이다. 그 억센 자연의 위세 속에서 체온 36도 5분을 유지해 나가는 육체란 이 얼마나 정교한 메커니즘이냐. 나는 나의 이 체온이 아득히 몇 억 년 전 지구가 혼돈한 유액

고흐의 〈별이 빛나는 밤에〉

짙게 깔려진 밤을 바탕으로 수백만의 전등불이
알렉산드리아의 밀도와 지형 그대로의 현란한 수를 아로새긴다.

상乳液狀을 이루고 있을 때 비롯된 온도와 직결되어 있다는 사상을 발견하고 지금 황홀하다.

그러나 체온 36도 5분으로써 육체의 빙화는 피한다고 해도 마음의 빙화까질 피하기란 어렵다. 그래 노상 책에다 눈을 쏟고 있는 판이지만 종이 위의 활자가 내 눈으로 전달되는 그 도중에서 얼어붙는 탓인지 중추신경에까진 이르지 못하고 만다.

대강 이런 곳에서의 읽을거리론 성서나 경서 따위가 알맞다고 생각하는 경향이 있는 모양이지만 나의 경험을 통해선 그렇지가 않다. 딴 사람에겐 몰라도 내겐 그렇다. 성서나 경서의 지혜는 너무나 맑게 증류된 물과 같아서 잡스런 음식에 익숙해 있는 나의 구미에 맞지 않는 것이다. 공기에 부딪히기만 하면 휘발해 버리는 액체 같아서 무딘 나의 심장을 칠 만한 실질이 없는 것이다.

내게 필요한 것은 잡스러워도 인간의 체취가 무럭무럭 풍기는 사상, 찐득찐득 실밥에 녹여 붙는 엿처럼 신경의 가닥가닥에 점착하는 그런 사상이다. 그런데 이런 생각을 하는 것도 나의 육체가 지방질 음식과 너무나 멀어 있는 탓인지 모른다.

활자가 눈에 들어오지 않는 판이니 눈을 딱 감을 수밖에. 이럴 때면 나는 눈을 감은 채 염불 외우듯 하는 시의 한 구절이 있다. 한용운韓龍雲 선생의 다음과 같은 시다.

'타고 남은 재가 다시 기름이 됩니다.'

타고 남은 재가 다시 기름이 된다는 사상. 너는 모를 것이다. 재에서 잿물을 만든다는 사실을. 무엇이든 타면 재가 남는다. 모두들 재가 끝장이라고 생각한다. 그러나 끝장이라고 생각한 재에서 만든 잿물로써 인간이 입는 옷의 때, 아니 인간의 때를 씻는 것이다. 어떻든 타고 남은 재가 다시 기름이 된다는 사상엔 구원이 있다.

나의 정신은 이 구원으로 해서 빙화를 면한다. 그러니 걱정할 건 없다. 영하 20도는 영하 31도보다는 덜 차다. 설혹 영하 30도가 된다고 하더라도 영하 31도보다는 덜 차가울 것 아닌가. 인간의 극한상황이란 숨이 끊어지는 그 순간을 두고는 없다.

아침 세수하러 나가면서 보니 천지는 백설에 뒤덮여 있었다. 높은 담벼락 위에, 띄엄띄엄 배열된 붉은 벽돌의 옥사 위에 앙상한 고목의 가지마다 은빛 눈이 흐뭇했다. 나는 그러한 건물과 수목 사이를 걸어 세면장으로 가면서 오면서 북구라파의 어떤 설국雪國의 어떤 대학의 캠퍼스를 걷고 있는 것 같은 환각을 가져 보았다.

그랬는데 지금의 나는 너와 더불어 알렉산드리아에 있다는 환

마리안 폰 베레프킨의 〈리투아니아의 도시〉

높은 담벼락 위에, 띄엄띄엄 배열된 붉은 벽돌의 옥사 위에 앙상한 고목의 가지마다 은빛 눈이 흐뭇했다. 지금의 나는 너와 더불어 알렉산드리아에 있다는 환각을 얻으려고 애쓰고 있다.

각을 얻으려고 애쓰고 있다. 진짜의 나는 너와 더불어 알렉산드리아에 있고, 여기에 이렇게 웅크리고 있는 나는 나의 그림자, 나의 분신에 불과하다는 환각을 키우려는 것이다.

사랑하는 아우, 웃지 마라. 고독한 황제는 환각 없인 살아갈 수 없다.……"

나의 시선은 그 편지의 말미에 있는 '사랑하는 아우'란 '사랑하는'이란 글귀 위에 잠깐 동안 서성거린다. 아마 손이 곱아서 운필運筆이 제대로 되지 않은 탓일 것이다. 달필인 형의 글씨답지 않게 글자의 획이 이지러져 있는 것이 눈에 뜨인다. 감옥엘 가기 전에도 형이 내게 하는 편지엔 곧잘 '사랑하는'이란 형언이 있었다. 그런데 그땐 그런 형언을 볼 때마다 약간 어색한 느낌을 가졌었다. 형의 내게 대한 사랑을 의심하지 않았고 나의 형에게 대한 애착도 진실이었지만 글로 써 놓은 '사랑'이란 것은 어쩐지 어색스러웠다. 그러던 것이 형이 감옥엘 가고 난 뒤부턴 그 '사랑하는'이란 글자가 절박한 호소력을 가지고 나의 가슴을 치게 되었다.

불쌍한 형. 형의 죄과를 따지면 그만한 형을 받아야 마땅하지만, 마땅하다는 이유만으로썬 소화시킬 수 없는 감정이 찌꺼기처럼 가슴 밑바닥에 깔린다.

벌써 두툼하게 되어 있는 형에게서 온 편지묶음 속에 그 편지를 꽂아 넣고 나는 다시 창으로 향한다.

선뜻 눈에 들어오는 것은 우미한 커브를 그리면서, 정연한 전등불이 화려한 점선을 치고 해안선을 달리고 있는 편은, 파로스 섬의 동단에 유난히 거대한 광망光芒으로 깜빡거리고 있는 대등대大燈臺다. 짙은 잉크 빛깔의 마레오티스 호湖는 언저리를 금실로 수놓은 비로드의 감촉으로 밤을 고였다.

시심市心으로 눈을 옮기면 한결 휘황하게 빛나고 있는 세실 호텔의 네온사인, 이에 질세라 15층 건물의 높이와 넓이에 꽉 차게 이중의 명멸장치를 갖춘 '카바레 안드로메다'의 전기 간판이 가로 세로 뚜렷뚜렷하게 글자 하나하나를 밤하늘에 부각시키고 있다.

며칠 전까지만 해도 그 안드로메다의 간판은 그지없이 정다운 것이었다. 간판이 아니라 '안드로메다' 자체가 내겐 이를 데 없이 정다운 곳이었다. 그러나 이젠 그 건물이 거대하면 거대할수록 그 네온이 찬란하면 찬란할수록 허황한 느낌이다.

사라 안젤이 없는 카바레 안드로메다는 드라마 없이 관중만 들끓는 극장이나 다를 바가 없다. 사라 안젤이 없는 카바레 안드로메다는 폐허나 다를 바가 없다.

2년이란 세월이 흘렀다. 내가 이곳에 온 지가 어제 일 같은데 시간이 그처럼 분간 없이 가 버렸다. 어제와 오늘과 내일이 뒤범벅이 되어 서로들 붐비면서 흘러간 것 같은 지난 2년 동안, 무슨 신기로운 꿈을 꾸다 깨어난 것처럼 새삼스럽게 주위를 두리번거려 보아야 할 심경이다. 알렉산드리아에 발을 들여놓자마자 나는 회오리바람이라고밖엔 표현할 수 없는 사건의 와중에 휘몰렸다. 알렉산드리아에의 호기好奇의 정을 채우기도 전에, 알렉산드리아의 지리에 채 익숙하기도 전에, 이 도시의 연대기사가年代記史家가 꼭 기록해 두어야 할 대사건의 중심부에 뛰어들어 그 목격자가 된 것이다. 그러니 이때까지의 나의 알렉산드리아에서의 생활은 서곡이나 도입부 없이 클라이맥스로써만 이루어진 악장樂章과 같았다.

그 회오리바람도 이제는 끝났다. 그처럼 나의 생활 속에 깊숙이 자리 잡고 있던 사라 안젤로 한스 셀러도 이곳을 떠났다. 그것이 불러일으킨 회오리바람도 지금부터 전설화하는 과정을 밟게 될 것이다. 다만 나만이 그 회오리바람이 스쳐 간 황량한 들 가운데 외로이 서 있는 한 그루 나무처럼 이렇게 앉아 있다. 나는 알렉산드리아를 서장부터 다시 생활해야 하는 것이다.

구겨진 양복, 때 묻은 와이셔츠, 나비넥타이, 플루트를 비롯한 몇 개의 관악기를 챙겨 넣은 트렁크. 이러한 구성으로 이 호텔에 왔을 때의, 어느 모로 보나 유랑 악사의 몰골이었던 2년 전의 나의 모습이 선하게 눈앞에 떠오른다. 그때 느꼈던 망막감이 새삼스럽게 되살아난다. 그러나 그때의 망막감엔 모험에의 기대에 따른 전율감이 있었다. 그리고 그땐 나의 곁에 마음 든든한 말셀이 있었다.

"말셀!" 이렇게 중얼거려 본다. 금방이라도 층계를 올라오는 그의 육중한 소리가 들리는 것만 같다. 문을 노크하는 소리가 들릴 것만 같고, 문을 열고 그의 팔척장신이 천장에 이마를 부딪칠까 봐 꾸부리며 들어설 것만 같다. 말셀! 그렇다. 나는 이곳에서 아직 기다릴 사람이 있는 것이다. 며칠 전에 그에게서 받은 엽서를 보면 그는 지금 리우데자네이루에 있다. 반년쯤 후면 이 알렉산드리아에 들를 수 있으리란 사연도 그 엽서에 적혀 있었다.

말셀 가브리엘. 불란서 사람이면서 화란선和蘭船을 타는 선원. 키가 너무 커 육지에서 살기가 거북하기 때문에 선원이 되었다는 말셀. 그는 육지에 있으면 바다가 그리워서 견디지 못하고 바다에 있으면 육지가 그리워서 못 견디는 성격을 가졌다고 한다. 그래서 그는 스스로를 동경병 환자라고 부른다. 동경병 환자이기 때문에 남의 동경을 이해하고 그 이해가 나를 코리아에서 이 알렉산드리아로 인도했고, 이 호텔에까지 나를 데리고 온 것이다.

갈색의 머리털, 그 머리털과 같은 갈색의 구레나룻에 덮인, 해풍과 바다의 태양에 그을린 검붉은 얼굴, 바다 빛과 푸른 눈동자. 5척 6촌인 나의 키로선 우러러보아야 할 완장한 턱. 파리의 거리를 걷고 있으면 지나가는 사람들이 사람으로서 자기를 보지 않고 무슨 기현상으로서 보기 때문에 파리가 싫어졌다는 위인. 그의 몸집은 틀림없이 하나의 기현상이다. 마찬가지로 그의 마음도 역시 기현상이다. 거친 선원 생활을 하는 사람으로선 드물다고 할 수 있는 풍부하고 기지 있는 교양, 통속적 표현을 빌리면 비단결 같은 마음씨. 그래 간혹 취중에 "장미에도 가시가 있는데 너에겐 그것조차 없다."는 불란서의 어떤 시인의 글귀를 내가 외우면, 무성한 구레나룻을 쓰다듬으며 "이처럼 가시가 돋쳐 있는데." 하고 피익 웃는 말셀.

나는 말셀과 처음 만났을 때의 장면을 지금도 선명하게 기억하고 있다.

나는 그때 코리아의 어떤 항구에 있는 주로 외인선원을 상대로 하는 카바레의 밴드 마스터였다. 그 밤도 우리는 외인선원의 노스탤지어를 돋우기에 알맞은 악곡만 골라 연주하고 있었다. 조금 높게 차려진 악사석에서 바라뵈는 카바레의 내부란 남녀가 뒤범벅이 되어 흥성거리는 꼴이 영락없는 섹스의 전기前技다. 때론

인신대人身大로 확대된 성병균의 난무장같이도 보인다. 그래서 그런 카바레의 악사들은 대개 객석을 보지 않는다. 악보를 보거나, 그저 멍청하게 동공만 열어젖히고 연주만 하는 것이다. 그런데 그밤엔 유난히 눈에 띄는 모양이 있었다. 유달리 체구가 큰 사나이가, 머리가 자기의 배꼽에밖엔 이르지 못하는 쪼끄만 여자를 끼고 흥청거리고 있는 것이다. 그 모양을 좇고 있으니 실소를 터뜨릴 뻔해서 몇 번인가 악기를 입에서 뗀 적이 있었다. 그랬는데 쉬는 시간이 되자, 아까의 바로 그자가 나를 좀 보았으면 한다는 전갈이 웨이터를 통해서 왔다. 손님의 청이기도 하고 호기심도 없지 않아서 나는 그 자리로 갔다.

내가 의자에 앉자마자 그는 솥뚜껑만 한 큰 손을 내밀며,

"당신이 클라리넷 주자지요?" 했다.

"그렇다."고 했더니 한 손으론 나의 손을 꼭 쥐고 또 한 손을 그 위에 올려놓고 툭툭 치면서 하는 말이,

"당신의 클라리넷은 진짜요."

나는 서슴없이 그렇다고 했다. 자랑이 아니라 나는 목관 금관할 것 없이 관악기 따위엔 넘치는 자신을 가지고 있다. 내가 원한다면 어떠한 심포니의 베스트 멤버가 될 수도 있고 어떠한 청중이라도 세 시간쯤은 나의 독주만으로써 붙들어 놓을 자신도 있는

로트렉의 〈물랑루즈〉

진짜의 나는 너와 더불어 알렉산드리아에 있고, 여기에 이
렇게 웅크리고 있는 나는 나의 그림자, 나의 분신에 불과
하다는 환각을 키우려는 것이다.

것이다. 그러니 나의 클라리넷 연주를 진짜라고 하는 말, 그것엔 놀랄 아무것도 없지만 무식해 뵈는 선원의 입을 통해서 듣는다는 것이 신기로웠다. 그래서,

"나의 클라리넷 연주가 진짜란 건 틀림없는 사실이지만 당신은 어떻게 해서 그런 걸 아는가." 하고 물었다.

"귀가 있으니까." 그의 대답은 이렇게 간단했다.

몇 잔의 술을 교환하고 내가 일어설 무렵, 그도 따라서면서 말했다.

"내 이름은 말셀 가브리엘, 불란서인, 타고 있는 배는 화란선, 당신을 알게 된 것을 영광으로 생각합니다."

이 밤이 계기가 되어 나와 말셀은 친구가 되었다. 밤마다 카바레에 왔고 일이 없는 낮이면 나의 숙소에까지 와서 같이 뒹굴었다.

그는 그가 흥얼거리는 멜로디의 한 소절만 포착하고도 이 전곡을 완주하는 나의 능력에 놀랐다. 어떤 스코어건 한 번만 보면 외워 버리는 나의 재능에도 놀랐다. 깊은 밤, 엷은 벽을 격하고서도 이웃 방에 들리지 않게 플루트를 불 수 있는 나의 기술엔 더욱 놀랐다. 나의 기능에 진심으로 감탄해 주는 그를 나도 좋아라고 하지 않을 수 없었다.

내가 알렉산드리아엘 가고 싶다고 그에게 말한 것은 그를 알고 난 약 일 년 후 코리아의 그 항구를 그가 다시 찾았을 때였다. 내게 선사하기 위해, 항구 가는 곳마다에서 사 모았다는 악보를 한 꾸러미 방바닥에 내던지고는 벌렁 드러누워 버린 그는, 알렉산드리아엘 가고 싶다는 나의 의향을 듣자 무슨 신기한 뉴스나 듣는 것처럼 벌떡 일어나 앉았다.

나는 내가 알렉산드리아에 가고 싶어 하는 이유를 설명하는 대신 감옥살이를 하고 있는 형에게서 온 편지를 읽어 주었다.

"미군에서 불하한 담요를 깐다. 그 위에 DDT를 담뿍 친다. 이나 벼룩, 기타 반갑지 않은 곤충의 침략을 방지하기 위한 수단이다. 무위안좌無爲安坐도 열여섯 시간이면 거친 노동에 비길 만한 피로를 가져온다. 그 피로한 육체를 DDT 가루 위에 눕힌다. 두터운 문밖으로 정복한 관리가 우리의 안전을 지키느라고 복도를 왔다 갔다 하는 소리가 들린다. 생각하면 이곳은 참으로 좋은 곳이다. 화재의 염려가 없다. 아닌 밤중에 수재를 입을 위험도 없다. 강도의 침입을 걱정할 필요도 없고 체포당할 공포도 없다. 견고한 호위, 주도한 배려 속에 이 밤도 나는 황제답게 의젓하게 잠들 것이다. 걱정이란 다만 네 걱정이다. 방심한 채 길을 건너다가 자동차에 치이지나 않았나, 술을 마시다가 시간을 어겨 통행금지 위반으로 경찰에 붙들려 가지나 않았나, 또는 독감에나 걸려서 네가 그처럼 좋아하는 피리를 불지 못하게 되지나 않았나, 황제란 고독하면서도 이처럼 심뇌心惱도 많은 것이다.

아아, 바다. 태양. 그런데 왜 이렇게 알렉산드리아엘 가고 싶은 마음이 불현듯 일어나는지 모르겠다. 알렉산드리아에 갈 수만 있다면, 이렇게 안전한 궁전을 버리고 황제의 지위를 내놓아도 좋다.……"

억센 사나이의 얼굴에서 천진한 소년의 표정을 보는 것은 기묘한 느낌이다. 말셀은 그러한 표정으로 나를 말끄러미 바라보았다. 나의 형에 관한 여러 가지 사실을 알고 싶어 하는 그의 마음을 그 표정 속에서 읽을 수 있었다. 나는 되도록 간략하게 다음과 같은 사실을 알렸다.

내겐 한 분의 형이 있다. 이 지구상에 살고 있는 유일한 육친이다. 형은 어려서부터 책 읽기를 좋아했다. 나보다는 다섯 살 위인데, 내가 철이 들면서 본 형은 언제나 책과 더불어 있는 형이었다. 책을 좋아하기만 하면 장래에 출세할 수 있으리라는 하나의 통념 같은 것이 우리 부모에겐 있었다. 그래 형은 부모의 총애와 기대를 한 몸에 모으고 자랐다.

이 형과는 반대로 나는 책을 꺼렸다. 책 속에 처박혀 있는 형에 대한 일종의 반발이라는 그런 만만한 것이 아니라 나는 책만 앞에 있으면 머리가 아팠다. 책을 꺼리는 대신 나는 피리를 불었다. 봄철 강변에 자란 포플러에 물기가 오를 무렵이면 나는 그 손가락 두티만 한 가지를 꺾어선 피리를 몇 개씩이나 만들었다. 그러고는 하루 종일 그 피리만 불고 돌아다녔다. 또 보리 이삭이 돋아날 무렵이면 그 보리 이삭을 조심스레 뽑아 올린다. 그러면 그 이삭의 밑바닥 부분에 상아 빛깔의 줄기가 나타난다. 그 줄기의 마디 밑에서 잘라진 한편을 이빨로써 가볍게 우물거려 놓으면 이것 역시 피리가 되는 것이다.

어린 시절엔 버들피리를 불다가 조금 커선 어른들의 하는 짓을 본떠 대피리를 만들었다. 세로 부는 퉁소, 가로 부는 횡적橫笛. 이런 대피리를 불면서부터 멜로디란 것과 리듬이란 걸 파악하게 되었고, 내가 열 살쯤 되어선 어떤 멜로디라도 한 번 들으면 나의 피리는 그 멜로디를 몇 갑절 아름답게 재현할 수도 있고, 내 스스로의 멜로디를 즉흥할 수도 있게 되었다.

책을 좋아하는 아이는 출세하리라는 통념과 더불어 책을 좋아하지 않고 피리 따위나 부는 아이는 장차 패가망신한다는 통념도 있었다. 이러한 통념에 비춰 볼 때 부모가 나를 얼마나 푸대접했는가를 짐작할 수 있을 것이다.

이러한 가운데 형만은 언제나 나의 편이었다. 형은 부모가 나를 꾸중하는 소리를 들으면,

"일기일예—技—藝에 뛰어나면 그로써 도를 통하고 입신할 수도 있는 세상이니 과히 걱정 마시라."고 부모를 달랬고, 나더러는,

"내가 만 권의 책을 읽고도 이루지 못하는 것을, 너는 한 자루의 피리를 통해서 이룰 수 있을 것이라."고 격려하기도 했다.

나는 어릴 적부터 입신할 생각도 출세할 생각도 갖지 않았다. 그저 피리만 불고 있으면 그만이었다. 한 자루의 피리만 있으면 되었지, 장래니 미래니 하는 따위는 필요 없었던 것이다. 마을 사람들은 막대기도 내 입만 갖다 대면 소리가 난다고 소문을 퍼뜨렸고, 어떤 광대 죽은 귀신에게 내가 홀렸을 것이란 소문을 내기도 했다.

형이 스무 살 되던 해, 그러니까 내가 열다섯 살 되던 해, 우리 부모는 조그마한 유산을 남겨 놓고 콜레라에 걸려 2, 3일 사이를 두고 연이어 별세했다. 그때 형은 일본 동경의 어떤 대학에 다니고 있었고, 고향의 중학교 입학시험에 떨어진 나는 동경에 있는 형의 하숙방에 뒹굴면서 어떤 삼류 중학에 다니는 둥 마는 둥 피

리만 불고 있었다. 그때의 피리는 버들피리도 대피리도 아니고 유럽에서 건너온 각종의 플루트, 각종의 클라리넷이었다.

그러한 내게 대한 형의 사랑을 나는 잊지를 못한다. 형은 나를 자기의 친구들에게 소개할 때마다,

"피리를 불리기 위해 하늘이 마련한 사람"이라고 자랑스럽게 말했다.

얇은 벽 너머로 소리를 넘겨 보내지 않도록 피리를 불 수 있는 나의 기술은, 옆방에서 책을 읽고 있는 형을 방해해선 안 될 필요가 낳은 것이다. 형은 또한 내게 대한 최선의 교사이기도 했다. 책이란 걸 싫어하는 내가 몇 조각이나마 지식을 가지고 있다면 그것은 오로지 형의 덕택이다. 교사로서 형보다 나은 능력과 기량을 가진 사람을 나는 상상할 수가 없다. 피리를 부는 자도 어느 정도를 넘어서려면 공부를 해야 한다는 지각을 가르친 것도 형이다.

나는 우리 부모가 일찍 돌아가신 것을 다행으로 안다. 만약 오래 살아 계셨더라면 부모들은 나의 형에 대해서 커다란 실망을 맛보았을 것이기 때문이다. 형의 학문은 부모가 기대하는 입신과 출세와는 너무나 먼 방향으로 가고 있었다. 판사나 검사 또는 어떤 관리가 될 수 있는 그러한 학문이 아니었다. 의사나 교사나 기술자가 될 수 있는 그러한 학문도 아니었다. 내가 보기엔 그저 아

마네의 〈피리부는 소년〉

나는 어릴 적부터 입신할 생각도 출세할 생각도 갖지 않았다.
그저 피리만 불고 있으면 그만이었다. 한 자루의 피리만 있으면 되었지,
장래니 미래니 하는 따위는 필요 없었던 것이다.

무런 뚜렷한 방향도 없는 책 읽기 같았다. 세속적인 눈으로 보면 스스로의 묘혈을 파는 것 같은 학문. 스스로의 불행을 보다 민감하게, 보다 심각하게 느끼기 위해서 하는 것 같은 학문. 말하자면 자학의 수단으로서밖엔 볼 수 없는 학문인 것 같았다. 나의 피리를 부는 업은 세속에서 초탈하기 위한 자위의 수단이 되기도 한다. 허나 형의 학문은 아무리 보아도 자학의 수단으로밖엔 보이지 않았다. 자학을 통해서 자위를 구하는 수단이라고나 할까. 하여간 이러한 건 나의 이해력을 넘는다.

언제부터 내가 형을 비판적으로 보기 시작했는가. 아니 형에게서 불행을 발견했는가엔 뚜렷한 기억을 하지 못한다.

그땐 우리들이 일본의 통치를 받고 있을 시대인데, 형이 일본에 대해서 항거해야 할 것인가, 또는 순종해야 할 것인가에 관해서 고민하고 있는 것을 보았을 때가 아닌가 생각한다. 형은 또 당시 코즈모폴리턴을 자처하면서 민족의 토양에 깊이 뿌리박지 못한 코즈모폴리턴이란 정신적인 룸펜에 불과하다고 자조하고 있기도 했다.

나는 이러한 갈등, 이러한 자조를 싫어한다. 보다도 그러한 감정이 존재하도록 작용하는 바탕인 사상이란 것을 미워한다. 사상이란 무엇이냐? 정과 부정을 가려내는 가치관이 아닌가. 선과 악을 판별하는 판단력이 아닌가. 그러나 자연의 작용에 정·부정이 있고 선과 악이 있는가. 사람은 자연의 일부가 아닌가. 자연의 일부인 사람은 자연 그대로 살면 될 것이 아닌가. 사상이란 자연 속에서 벗어져 나오려는 노력이 아닌가. 그렇다면 사상이란 인간을 부자연하게, 그러니까 불행하게 만드는 작용 이상도 이하도 아닌 것이 아닌가.

강한 힘이 누르면 움츠러들 일이다. 폭력이 덤비면 당하고 있을 일이다. 죽이면 죽을 따름이다. 내겐 최후의 순간까지 피리와 피리를 불 수 있는 장소만 있으면 그만이다. 그런데 사상은 그렇게는 안 되는 모양이다.

형의 불행은 사상을 가진 자의 불행이다. 형은 만인이 불행할 때 나 혼자 행복할 수 없다고 했다. 나는 그런 말을 거짓이라고 생각한다. 세계가 멸망하더라도 나 혼자 살아남으면 된다는 것이 인간의 자연스런 생각이라고 나는 믿기 때문이다. 나는 형이 고의로 그런 거짓말을 했다고는 생각하질 않는다. 형이 지니고 있는 사상이란 것이 그러한 거짓말을 시킨 것이라고 생각한다. 사상의 발전이 이 세계를 오늘만큼이라도 문화되게 했다는 사실마저 나는 부정하려고 들지 않는다. 그러나 그런 사상이나 문화는 천재라는 역군이 할 일이지 평범한 사람이 맡을 성질의 것이 아닌 것이다.

천재는 스스로의 생활을 불구화해 가지고 평범한 사람의 생활을 보다 건전하게 하는 데 의미가 있다고 들었는데 천재도 못 되는 사람이 천재의 행세를 하다간 스스로의 생활을 불구화하고 주변의 사람들만 불행하게 할 뿐 아닌가. 형의 불행은 따지고 보면 천재가 아닌 사람이 천재적인 역군이 되려고 하는 데 있는지도 몰라. 그러나 그것이 운명이라면 도리가 없다. 형의 불행은 형의 운명이니까. 운명은 이에 순종하는 사람은 태우고 가고 이에 거역하는 사람은 끌고 간다는 말이 있다.

그런데 우리나라에 혁명이 일어났다. 그 혁명의 파도에 휩쓸려 형은 감옥으로 가게 된 것이다. 누군가는 이 사건을 불려不慮의 화라고 하지만 나는 그렇게 생각하지 않는다. 어떤 사상이건 사상을 가진 사람은 한 번은 감옥엘 가야 한다고 생각한다. 사상엔 모가 있는 법인데 그 모 있는 사상이 언젠가 한 번은 세상과 충돌을 일으키지 않을 도리가 없는 것 아닌가. 세상과 충돌했을 때 상하는 건 세상이 아니고 그 사상을 지닌 사람인 것이 빤한 일이다. 나는 감옥살이하는 형을 불쌍하겐 여기지만 그의 감옥행이 부당하다고 생각하지는 않는다.

"자네 형은 코뮤니스트인가?"

말셸은 무거운 어조로 물었다.

"천만에, 형은 철두철미한 자유주의자지."

이렇게 말하자 말셀의 얼굴에는 의아해하는 빛이 돌았다.

"우리나라가 남과 북으로 갈라져 있는 사실은 알지. 형은 이렇게 분열된 국토를 통일해야 된다는 논설을 쓴 거야. 그런데 표현이 나빴어. 이 이상 한 사람의 희생도 더 내서는 안 된다. 그러나 어떻게 해서라도 통일은 해야겠다. 이렇게 썼거든. 글쎄 이게 될 말이야? 어떻게 해서라도 통일을 해야겠다면 이북의 통일 방식으로 통일해도 된다는 뜻 아닌가. 경찰관도 이 점을 추궁했지. 경찰관의 태도는 당연하다고 생각해."

말셀은 잠깐 동안 잠자코 있더니 좀 더 상세하게 형의 논설에 관한 이야기를 해 보라고 했다.

형의 논설을 들먹거린다는 것은, 아직 아물지 않은 상처를 건드리는 거와 마찬가지인 고통을 느끼게 한다. 그러나 이왕 시작한 바에야 이야기를 더 계속하지 않을 수 없었다.

형은 아마 이천 편 이상의 논설을 썼을 것이다. 그중에서 단죄받은 논설이 두 편이 있다. 그 논설 가운데 다음과 같은 구절이 있었다.

"조국이 없다. 산하山河가 있을 뿐이다."

"이북의 이남화가 최선의 통일방식, 이남의 이북화가 최악의 통일방식이라면 중립통일은 차선의 방법은 되는 것이다. 그런데 이것을 사악시하는 사고방식은 중립통일론 자체보다 위험하다."

"이 이상 한 사람이라도 더 희생을 내서는 안 되겠다. 그러면서 어떻게 해서라도 통일은 이룩해야 하겠다. 이것은 분명히 딜레마다. 이 딜레마를 성실하게 견디고 해결하려는 노력에서 비로소 활로가 트인다."

대강 이상과 같은 구절이 유죄판결의 근거가 되었다. "조국이 없다."라는 말엔 진정하게 사랑할 수 있는 조국이 없으니 그러한 조국을 만들어야 한다는 뜻과 설명이 잇달아 있었지만 그런 것이 통할 리가 없었고 더욱이 중립통일을 주장하지는 않았을망정, 그러한 표현이 위험하다는 것은 틀림이 없는 일이다. 더더구나 어떻게 해서라도 통일을 해야 한다는 대목에 이르러서는 반공국시가 뚜렷한 이 나라에선 용납될 리 만무한 것이다. 그래서 나는 다음과 같이 말을 맺었다.

"생각해 봐. 말셀, 도대체 그러한 글을 쓸 수 있다는 정신 상태가 틀려먹은 것 아냐. 조국이 없다가 뭐야. 또 이런 문구도 있지. '조국이 부재한 조국'이란, 검찰관과 심판관이 펄펄 뛸 만하잖아? 정신병자가 아닌 담에야 그렇게 쓰지 못할 거야. 평범하게 분수나 지키며 살아야 할 인간이 뭐 잘났다고 어수선한 글을 썼는가 말야. 그래 나는 변호사더러 정신감정 의뢰를 내 보았으면 어떠냐는 제안을 해 보기도 했지."

"그런데 형은 얼마나 받았지?"

"10년."

"그거 대단히 관대한 처분이구먼. 우리 불란서에서 같으면 틀림없이 사형감이야. 적게 잡아도 무기."

"나도 관대한 처분이라고 생각했지. 검사의 구형은 15년, 그것도 관대하다고 생각했는데 판사의 언도는 10년이었으니 나는 감격해서 울었다."

"그런데 하나 물어볼 것이 있어. 왜 그 논설을 썼을 때 처벌되지 않고 하필이면 그때 재판을 받았는가."

"논설을 썼을 땐 그걸 벌할 법률이 없었던 거지. 먼저 붙들어 잡아 가두고 난 뒤 법률을 만들었지."

"그럼 소위 소급법이라는 게로구먼."

"그렇지."

"소급법을 만들지 못하게 하는 헌법 같은 게 없었나?"

"넌 뚱딴지같은 소리만 하는구나. 벌해야 할 사람을 벌하는데 소급법이면 어떻구 법률이란 수단을 거치지 않으면 어때."

말셀은 눈을 깜박거리며 중얼거렸다.

이중섭의 〈싸우는 소〉

우리나라가 남과 북으로 갈라져 있는 사실은 알지.

형은 이렇게 분열된 국토를 통일해야 된다는 논설을 쓴 거야.

그런데 표현이 나빴어. 이 이상 한 사람의 희생도 더 내서는 안 된다.

그러나 어떻게 해서라도 통일은 해야겠다. 이렇게 썼거든.

"그건 그래. 우리나라에서도 대혁명 당시엔 법률이고 뭐고 아랑곳없이 닥치는 대로 기요틴으로 사람의 목을 잘랐으니까. 소급법이라도 법을 만들고 했다는 건 대단히 훌륭한 노릇이야. 강제수용소에서 마구 집단 살해를 한 독일에 비하면 월등하게 문화적이기도 하고……."

"그런데 형은 아직도 억울하다고만 생각하고 있는 모양이니 딱해. 스스로의 죄를 뉘우치고 속죄하는 마음을 가지면 편할 텐데 말야."

"뭐, 그런 말을 너의 형이 하든?"

나는 대답 대신 또 하나의 형에게서 온 편지를 내밀었다.

"……나는 비로소 이곳에 내가 있어야 할 이유를 알았다. 불효한 아들이었다. 불실한 형이었다. 불실한 애인이었다. 불성실한 인간이었다. 이 세상에 나지 않았으면 좋았을 사람이 본연적으로 지닌 죄. 이것을 원죄라고 해도 좋다. 그리고 지저분하게 살아오는 동안 나 스스로만 지저분하게 한 게 아니라 내가 접촉한 것이면 뭐든, 공기와 산하도, 인물과 기관도, 신문이나 잡지에 이르기까지 지저분하게 만들어 버린 죄란, 그 죄가 응당 받아야 할 벌을 상정할 때 지금 내게 과해진 벌은 되레 가벼운 것이다. 무슨 죄인지도 모르고 벌만 받는 것처럼 따분한 처지란 없다. 그런데 이제야 나는 나의 죄를 찾았다. 섭리란 묘한 작용을 한다. 갑의 죄에 대해서 을의 죄명을 씌워 처벌하는 교묘한 작용을 하는 것이다. 꼭 벌을 받아야만 마땅한 인간인데 적용할 법조문이 없을 때 섭리는 이러한 작용을 한다는 것을 알았다. 격언 그대로 섭리의 맷돌은 서서히 갈되 가늘게 간다. 나는 나의 죄를 헤아리느라고 요즘 제대로 잠을 못 잔다. 남의 마누라를 탐한 일이 없는가. 여자의 순정을 짓밟은 일이 없는가. 남의 눈물을 흘리게 한 일이 없는가. 황제는 어떠한 황제이건 그가 걸어온 행렬 뒤에 짓밟힌 꽃을 황제의 특권임을 알고 고스란히 10년을 견딜 작정이다. 거의 나의 청춘의 전부인 10년 동안 이 궁전 속에 묻어 버릴 작정이다. 이 궁전에서 나가라고 해도 나는 안 나가고 버틸 작정이다. 그러나 알렉산드리아에 가라고 하면? 이런 나의 각오가 흔들릴까 봐 두렵다."

"좋다."

이렇게 외치면서 말셀은 주먹으로 허공을 쳤다.

"좋아. 너를 알렉산드리아에 데려다 주지. 너의 형까지 데리고 가는 거다. 그런데 넌 알렉산드리아에 가기만 하면 돼. 거리 한구석에 모자를 펴 놓고 앉아 피리만 불어 대면 굶어 죽을 염려는 없을 거다. 중형인重刑人의 동생, 아니 유폐되어 있는 황제의 동생을 데리고 말셀 가브리엘 알렉산드리아에 나타나다. 좋아. 난 본래 로렌스를 좋아하거든, 나의 경력 가운데서도 빛나는 페이지가 될 것 같아."

지중해의 파도가 그처럼 거칠 줄은 상상 밖의 일이었다. 대륙 사이를 흐르는 강과 같은 느낌을 지도 위에서 느껴 온 탓도 있고 그때까지 비교적 평온한 태양 위를 항해한 후이어서 알렉산드리아의 앞바다에 이르자 돌연 성난 파도가 산더미처럼 몰려와 선수船首에 부딪치는 광경에 실색할 정도로 놀랐다.

그날. 겨울의 일몰, 바람이 세찬데다가 우박을 섞은 빗방울이 난무하고 있었다. 그러나 난무하는 우박과 빗줄기 사이로 바라뵈는 알렉산드리아의, 땅의 이利를 좇아 밀집하고 기어오르고 퍼져나간 항구의 모습을 보았을 때 나의 가슴은 설레었다.

밤이 깊어지길 기다려 조심스럽게 배의 트랩을 내렸다. 그리곤 말셀이 이끄는 대로 호텔 나폴레옹으로 온 것이다. 호텔 나폴레옹이란 신기한 이름의 유래는 이곳에 오기 전부터 말셀에게서 듣고 있었다. 나폴레옹이 이집트 원정을 왔을 때, 이 호텔에 투숙했다는 것이고 그때 나폴레옹의 한 부장部將이 부상을 입고 나폴레옹과 더불어 탈출하지 못한 채 이 집에 머물러 있는 동안 이 호텔의 데릴사위가 되었다. 그런 인연으로 이름을 호텔 나폴레옹이라고 했다는 것인데 지금의 주인은 그의 3댄가 4대째의 손자뻘이 된다는 것이었다. 이렇게 설명하고 나서 말셀은 그 유래의 전부에 관해선 보장하지 못하겠다고 말하고 우리가 그 호텔을 찾은 것은, 그런 거창한 유래에 호기심이 있어서가 아니라 영웅적인 이름과는 정반대로 지극히 비영웅적인 초라한 호텔이기는 하나 방세가 싸고 주인이 호인물好人物인 때문이라고 덧붙였다.

말셀의 말대로 호텔 나폴레옹의 주인은 말셀을 보자 원행 갔던 손자를 맞아들이듯 반갑게 대했다.

"이것 얼마 만이냐, 몽 셰르 휘쓰 말셀!"

말셀은 그 거대한 체구의 가슴팍에밖엔 이르지 않는, 뚱뚱하게 살찐 대머리 노인을 덥석 안아 올렸다가 내려놓으며,

"할아버지 안녕하셨어요? 그런데 나의 가장 친한 친구를 데리고 왔지요. 그 다락방 비어 있어요?"

하고 물었다.

다락방에 들기만 하면 숙박비는 거저나 마찬가지로 싸다는 것이다.

"비어 있구 말구. 빈털터리 네가 올 줄 알고 비워 두고 있다네."

고흐의 〈아를의 반 고흐의 방〉

우리가 그 호텔을 찾은 것은, 그런 거창한 유래에
호기심이 있어서가 아니라 영웅적인 이름과는 정반대로
지극히 비영웅적인 초라한 호텔이기는 하나 방세가 싸고
주인이 호인물인 때문이라고 덧붙였다.

말셀은 나를 그 노인 앞에 내세우면서 말했다.

"이 사람이 나의 친구 프린스 김. 멀고 먼 코리아에서 온 프린스 김입니다."

"프린스 김? 이거 잘 오셨소." 주인은 나의 손을 정답게 잡았다. 그리고는 장난꾸러기 같은 웃음을 띠며,

"프린스라고? 엊그제는 네팔 왕의 서자庶子라는 자가 묵고 갔다네. 그러고 보니 요즘 우리 호텔엔 귀빈과 왕족이 끊어지지 않는 셈이구먼. 하여간 반갑습니다." 하고 호의 있는 익살을 부렸다.

말셀이 나를 '프린스 김'이라고 부르는 데는 다음과 같은 경위가 있다. 코리아에 있을 적 여러 가지 이야기를 주고받는데 나의 성 '김'의 유래를 설명할 때 옛날 '가야'라는 나라의 왕이 우리의 선조라고 했다. 그러니까 왕손이라고 그랬더니 말셀이 받아서 하는 말이,

"불란서에 가면 왕손 아닌 사람이 없고 흉적의 자손 아닌 사람이 없다는 말이 있지."

그 말끝에 말셀은,

"너는 왕손이 아니라 왕제王弟다. 그러니 프린스다."

감옥 속에서 보내온 형의 편지마다에 황제란 말이 들어 있는 것을 이렇게 비꼰 것이다. 그리곤 그때부터 그는 나를 '프린스 김'

이라고 농담 반 진담 반의 기분으로 부르게 되었다.

　다락방은 글자 그대로 다락방이었다. 키가 작은 내가 꾸부려야 들어갈 수 있는 문. 키가 큰 말셀은 앉아 있어도 머리가 닿을까 말까 할 정도로 낮은 천장. 북향으로 철제침대가 놓였고 벽은 세월의 이끼가 끼어 거무스레 낡았다. 장식이란 흔적조차 없는 그저 초라하다는 한마디로써 족한 방의 모양이었다. 그러나 남으로 트인 창을 통해서 알렉산드리아의 시가와 앞바다가 일모에 모여드는 것만은 장관이었다.

　자리에 앉자 말셀은 곧 내 선전을 시작했다. 플루트의 명수라고. 온 세계를 등잔만 하게 눈을 부릅뜨고 두루 찾아도 나만 한 명수를 찾기란 힘들 것이라고. 그러고는 성급하게 나더러 플루트를 불어 보라고 졸랐다.

　나는 우리나라의 고전악기인 퉁소를 꺼냈다. 그리곤 알렉산드리아를 처음 보았을 때부터 다락방에 좌정하기까지의 감회를 바탕으로 창밖에 바라보이는 조망을 주제로 해서 즉흥을 불었다. 주인의 얼굴에 약간 감동의 빛깔이 보이는 것 같았으나 묵묵하기에 나는 퉁소를 놓고 서양악기인 플루트를 들었다. 그 플루트로써 아까 한 즉흥곡을 다시 한 번 되풀이했다. 곡이 끝나자 노인은 덥석 나의 손을 잡았다.

"당신은 진짜로 프린스다. 오늘날의 세계에서 왕족이나 귀족은 예술의 세계를 두곤 있을 수 없어. 당신이야말로 진짜로 프린스다."

이렇게 말하곤 원래遠來의 프린스를 대접해야 한다면서 총총히 아래로 내려가더니 무딘 빛깔의 유리병에 담은 술과 안주를 들고 돌아왔다.

노인은 술병을 들어 보이면서 말했다.

"이 술은 페르시아의 향초로 만든 술이다. 천릿길 사막을 대상들이 금은보배보다도 더 소중하게 낙타 등에 싣고 온 에레키질, 말하자면 불로장생주다."

술은 아브상을 좀 더 향기롭게 한 듯한 맛이었다. 노인은 술을 한 잔 따를 때마다 곡을 하나씩 청했다. 나는 악기를 바꾸어 가며 그의 소청에 순순히 응했다. 나는 알렉산드리아에서의 초야에 피리를 마음껏 불 수 있는 행운을 기뻐했다.

우리들의 잔치가 한참 지났을 무렵 돌연 커다란 별이 구름 사이에서 나타났다. 노인은 그 별을 가리키면서,

"저, 저 별이 대각성이다. 이 알렉산드리아의 수호성. 원래의 프린스를 환영하기 위해서 구름 속에서 나왔구먼." 하는 소리에 말셀은 이 시기를 놓칠세라,

"그런데 할아버지, 방세는 얼마로 하죠? 프린스 김은 상당 기간 이곳에 머무를 예정인데." 하고 물었다.

노인은 손을 저으며 취기 어린 눈을 부릅뜨고 소리를 높였다.

"방세라고? 천만의 말씀. 먼 곳에서 오신 프린스를 이 다락방에 모셔 놓고 내가 방세를 받아? 안 될 말이지. 난 유태인이 아냐."

삼시간에 백 년의 지기처럼 될 수 있다는 건 인정의 조화다. 나는 그 인정의 조화 덕택으로 우선 돈이 떨어져도 노숙해야 할 신세는 면하게 된 것이다.

노인은 또 내가 알렉산드리아에서의 생활에 별반 계획을 갖지 않고 있다는 사정을 알자 카바레 안드로메다의 밴드에 소개해 주겠다고까지 약속했다.

"카바레 안드로메다는 세실 호텔과 더불어 이 알렉산드리아에 있어서의 최대의 명물이야. 그곳의 밴드에 끼이기만 하면 만사는 형통. 프린스 김의 기량이면 틀림없어. 나와 그 악장과는 친구이기도 하니……."

노인이 돌아가자마자 말셀은 밤거리로 나가 보자고 나를 꾀었다. 이 정력불륜의 사나이는 그 오랜 항해 끝에도 실오라기만큼의 피로도 보이지 않는다. 나는 혼자 있고 싶다고 말했다. 말셀은 군이 권하지는 않고 꼭 만나야 할 여자가 있다면서 나가 버렸다.

말셀은 항구엘 가면 하룻밤도 빠짐없이 여자를 안아야 한다는 걸 신조처럼 하고 있는 사나이다. 그는 언젠가 이런 말을 했다.

"여자처럼 좋은 노리개가 있는가. 있을 수 있는가 생각해 보게나. 웃을 줄 알지? 뾰로통할 줄 알지? 감동할 줄 알지? 이편의 기교대로 능력대로 민감하게 감응할 줄 알지, 남자란 얼마나 좋은 것인가를 증명해 주는 것도 여자가 아냐? 꼬집으면 아프다고 소리 지르고 아프다면서 좋아라고 하고 사랑하는 척할 줄 알고, 눈썹 하나 까딱하지 않고 거짓말할 줄 알고, 눈물을 흘리면서 한 사나이와 이별해 놓고 돌아서는 그 길로 딴 사나이의 품 안에서 행복한 신음소리를 낼 줄도 알고, 믿음직하면서도 깔끔하게 배신할 줄도 알고, 그러면서 강하고 유연하고 기술 좋은 나의 섹스의 조종대로 완전 녹초가 되어 버리는 여자. 나는 여자가 제일 좋아, 바다는 그 다음이다……."

그 말에 내가,

"여자가 그처럼 좋으면 바다엔 왜 나가는 거야. 육지에서 직업을 갖고 밤마다 여자를 안을 일이지." 하고 반박했더니 그는 대뜸 다음과 같이 받았다.

"넌 애송이다. 난 여자가 좋으니까 바다로 나가 일시적인 단절을 하는 거야. 상상 속의 여자. 이담에 만나면 여자에게 어떻게 해

주리라는 구상. 위험 속에서의 기대. 높이 뛰기 위해선 조주助走란 게 필요하지 않아? 여체를 만끽하기 위한 조주로선 바다가 제일이야. 망망한 바다의 에네르기를 폐장 가득히 담아 오거든. 거침없이 내리쪼이는 바다의 태양이 발산하는 에네르기를 함뿍 근육 속에 흡수해 오거든. 바다를 거치지 않고 섹스하는 사나이들을 나는 불쌍하다고 생각하지. 그건 생명의 앙양으로서의 섹스가 아니라 생명의 파멸로서의 섹스니까 말야. 그리고 선원들은 세계 각국의 항구마다에 인종이 다른 애인, 빛깔이 다른 여체를 소유할 수 있거든. 나는 나의 섹스로써 세계의 여자를 구슬꿰미에 꿰매듯 꿰매는 거야. 말셀의 섹스를 통해서 세계의 가지각색의 여체가 한 가닥의 줄에 꿰매인 구슬이 되는 거지."

말셀은 지금쯤 리우데자네이루에서 여체와 더불어 그가 이른 바 생명의 앙양 운동을 하고 있겠지.

생각이 여기에 미치자 알렉산드리아의 현란한 등불의 수, 요란한 성좌가 관능의 바다처럼 보이기 시작한다. 등불 하나마다에 한 쌍씩의 정사가 결부된다. 등불 하나마다에 엄숙히 거행되는 밀실의 비의가 상념을 사로잡는다.

호화로운 페르시아 융단, 묵직이 드리운 진홍색 커튼, 사향의 냄새가 풍기는 방, 마호가니제 침대, 핑크색 덧이불, 그 위에 놓인

에곤쉴레의 〈한 쌍의 연인〉

생각이 여기에 미치자 알렉산드리아의 현란한 등불의 수,
요란한 성좌가 관능의 바다처럼 보이기 시작한다.
등불 하나마다에 한 쌍씩의 정사가 결부된다.
등불 하나마다에 엄숙히 거행되는 밀실의 비의가 상념을 사로잡는다.

꽃무늬가 산산이 흐트러지는 풍정風情으로 희랍의 조각을 그대로 혈육화血肉化한 것 같은 남녀의 정사.

천장이 낮고 벽지 위엔 빈대 피가 가로세로 혹은 비스듬히 흔적을 남긴 어수선한 방, 값싼 담배 냄새, 독주 냄새가 야릇하게 풍기는 방, 삐걱거리는 침대 위에서 이루어지는 선원과 매춘부와의 정사.

백인과 백인. 백인의 품에 안긴 흑인 여자. 흑인의 품에 안긴 백인 여자. 또는 갈색의 피부와 황색의 피부와 잡다한 빛깔의 남녀의 교합으로 이루어지는 애욕의 드라마. 노인이 소녀를, 소년이 소녀를, 남자가 남자를, 여자가 여자를 간하고 음하는 갖가지의 정경, 소돔과 고모라의 확대판 알렉산드리아. 고전적, 중세적, 현대적, 미래파적으로 음탕한 알렉산드리아. 아라비안나이트적인 교합과 할리우드적인 교합과 이집트적인 교합. 소아세아적, 인도적 교합, 파노라마처럼 심상心象 위에 전개되는 시인들이 서로 엎치고 덮치는 가운데 나의 하복부에 강렬한 충격이 인다. 밖으로 반사되어야 할 농도 짙은 액체가 거꾸로 장을 통하고 위를 거쳐서 식도 쪽을 올라오고, 그 짙은 액체가 내분비를 일으켜 혈관 속에 침투해선 심장을 압박한다.

이성의 지배를 거부하는 육체의 어떤 부분의 자의恣意처럼 인간의 고독감을 절박하게 하는 건 없을 것이다. 형의 표현을 빌리면 생명 발상 이래 몇 억 년을 통해서 꿈틀거리는 '암묵의 의사'. 그러나 나는 이 암묵의 의사에 번롱당하기는 싫다. 나는 숨을 몰아쉬고 고개를 돌려 가난한 다락방의 내부에 시선을 옮길 수밖에 없다.

이럴 때 언제나 하는 버릇으로 나는 편지 꾸러미에서 잡히는 대로 또 한 통의 형에게서 온 편지를 꺼내 든다.

"사랑하는 아우. 어젯밤 나는 나와 같은 감방에 있는 Y라는 노인에게서 이런 이야기를 들었다. 그 노인은 6·25사변 당시에도 어떤 사정으로 감옥신세를 진 사람이다.

이야기는 그 노인이 그때 목격한 사실인데 병사한 어떤 소년의 이야기다. 소년은 어려서 부모를 잃고 고모 집에서 컸단다. 고모 집에서 심부름이나 해 주고 얻어먹고 살다가 적령이 채 못 됐는데 군에 입대하게 되었다. 입대하자 6·25사변이 터졌다. 소년의 부대는 38선 근처에 있었던 모양인데 급히 후퇴하는 혼란 통에 그 소년은 자기가 속해 있는 부대에서 낙오해 버렸다. 당시엔 그런 일이 허다하게 있었다. 적이 불의의 습격을 했을 때의 대비 없는 부대란 후퇴에 있어서 질서를 잡을 수가 없는 것이다. 부대의 행방을 찾지 못한 그 소년은 고모 집으로 돌아갔다. 거기서 숨어 사는 판인데 괴뢰군이 와 닥쳤다. 소년은 괴뢰군에게 끌려가 그들의 짐이나 날라 주고 심부름이나 하는 사역꾼이 되었다. 사역꾼으로서 몇 달을 따라다녔는데 이번엔 괴뢰군이 패주하게 되었다. 그때 괴뢰군에서 소년은 탈출하고 산속에서 방황하고 있던 참인데 국군에게 붙들렸다. 순진한 소년은 숨김없이 자기가 겪은 일들을 말했다. 드디어 소년은 부대 무단이탈·이적행위 등의 죄목으로 기소되어 재판을 받았다. 소년의 행색은 말이 아니었고 그 정상은 이루 형언할 수 없을 정도였더라고 한다. 그런데 하루는 저녁나절에 돌연 발열하더니 신음으로써 밤을 지새우고 새벽 무렵에 급격히 병세가 악화해선 거짓말처럼 숨을 거두어 버렸다. 운명할 순간 소년은 "고모님." 하고 외마디소리를 질렀다.

허다하게 무고한 소년과 소녀가 또는 노인과 장정들이 전쟁통에 죽었겠는데 이 소년 하나가 감방에서 병사했다고 해서 무슨 대사인 양 말하려는 것은 아니다. 그러나 임종 시의 마지막 부르짖음이 "고모님."이었다는 정황이 가슴을 찌른다.

자신의 처지가 어떻게 되는지도 모르고 그저 당황하기만 했을 소년의 심상과 불러 볼 사람이라야 고모님밖엔 없었다는 그 정황이 마음속에 파고들어 그 이야기를 듣고 하루가 지났어도 답답한 감정은 아직껏 소화시킬 수가 없다.

감옥살이에서 체험한 일이지만, 지식인과 무식자는 똑같은 곤란을 당했을 때 견디어 내는 정도가 월등하게 다른 것 같다. 지식인의 경우 감옥 속에 있어도 꼭 죽어야 할 중병에 걸리지 않는 한 호락호락하게 잘 죽지 않는다. 그런데 무식자의 경우는, 육체적으론 지식인보다 훨씬 건장해도 대수롭지 않은 병에 걸려 나뭇가지가 꺾이듯 허무하게 쓰러져 버린다. 이런 현상을 어떻게 이해해야 옳을까. 여러 가지 원인을 들출 수 있겠지만 나는 다음과 같은 답안을 내 보았다.

　교양인, 또는 지식인은 난관에 부딪혔을 때 두 개의 자기로 분화된다. 하나는 그 난관에 부딪혀 고통을 느끼는 자기, 또 하나는 고통을 느끼고 있는 자기를 지켜보고, 그러한 자기를 스스로 위무하고 격려하는 자기로 분화된다. 그러니 웬만한 고통쯤은 스스로를 위무하고 지탱하고 격려하면서 견디어 낸다. 그런데 한편 무식한 사람에겐 고난을 당하는 자기만 있을 뿐이지 그러한 자기를 위무하고 지탱하고 격려하는 자기가 없는 것이다. 바꾸어 말하면 지식인은 한 사람이 겪는 고통을 두 사람이 나누어 견디는 셈인데 무식자는 모든 고통을 혼자서 견디어야 하는 셈이다. 지식인이 난관을 견디어 나가는 정도가 무식자보다 낫다는 사실을 이렇게 이해할 수 없을까.

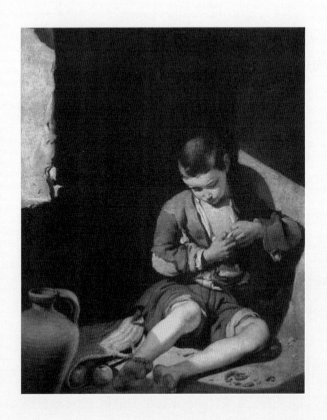

바르톨로메 에스테반 무리요의 〈거지 소년〉

자신의 처지가 어떻게 된지도 모르고
그저 당황하기만 했을 소년의 심상과 불러 볼 사람이라야
고모님밖엔 없었다는 그 정황이 마음속에 파고들어 그 이야기를 듣고
하루가 지났어도 답답한 감정은 아직껏 소화시킬 수가 없다.

지혜라는 것은 결국 이런 것이라고 본다. 동물적인 자기, 육체적인 자기를 인도하고, 통제하고, 나쁜 짓을 했을 때는 책하고, 고통스러울 때는 위무 격려하는 정신적인 자기를 가진다는 것. 어떠한 고난에 빠져 있더라도 절망하지 않고 인간으로서의 품위와 위신을 지켜 나가려는 마음의 이법理法이 곧 지혜가 아닐까.

슬픔을 슬퍼할 줄도 모르고, 공포를 무서워할 줄도 모르고, 고난에 직면해서 그저 당황하기만 한 소년의 망연한 모습처럼 구원 없는 지옥이란 없다.

"고모님." 하고 외마디 부르고 숨진 소년. 이와 유사한 슬픔이 얼마나 많을 것인가. 지금 내가 있는 이 감옥 속에서 지금도 작용하고 있을 이러한 슬픔, 이러한 불행. 오늘 황제는 우울하다."

"고모님." 하고 불렀다는 소년. 형님은 왜 이런 이야기를 쓰는가. 왜 가슴속에만 간직해 두지 못하고 나까지 울먹거리게 하는가. 자기의 손이 닿고 입김이 닿고 하는 것이면 자연이건 인간이건 자기 주위의 모든 것을 지저분하게 만들어 버린다고 했는데 그런 반성을 형은 하고 있으면서도 왜 그런 행동을 하는지. 스스로의 슬픔을 달래는 마음으로 쓰고 있는가는 몰라도 그런 걸 쓰고 있으면 더욱 구원 없는 슬픔으로 빠져 들어갈 것 아닌가. 그런데 내가 만약 숨을 거두는 순간에 이르면 어떤 소리를 지를까.

"피리."라고 할까. 아니다. 나는 분명 "형님."을 부를 것이다.

내가 알렉산드리아로 온 바로 그다음 날 호텔 나폴레옹 주인의 주선으로 나는 수월하게 카바레 안드로메다의 악사가 되었다. 나를 인견한 악장은 중로를 훨씬 넘은 연배의 이탈리아 사람이었는데, 두세 개의 악보로써 테스트하고 드럼에 맞추어 즉흥곡을 하나 불어 보라고 하더니 만면에 웃음을 띠고, "우리 악단의 영광으로 생각하고 귀하를 모시겠다."는 것이었다.

이 광경을 옆에서 보고 섰던 호텔 나폴레옹의 주인은 광맥을 예견하고 그것을 확인한 광산기사처럼 흡족해했다.

"내 손자가 소르본 대학에 입학했다고 해도 이처럼 기쁘지는 않을 것이다."

이렇게 말하면서 노인은 나를 알렉산드리아의 중심부라고 말할 수 있는 모하메드 아리 광장으로 이끌고 갔다.

"이 거리가 모하메드 아리 거리. 지금은 자유의 거리라고 하지. 여기서 남동쪽은 상가, 북쪽으로 가면 희랍 로마의 박물관이 있지. 해변 쪽으로 가면 세계 최고의 도서관이라고 할 수 있는 알렉산드리아 도서관이 있고, 거기서 조금 가면 두 개의 식물원, 하나는 누자 식물원, 하나는 안토니오 식물원. 정거장 근처에 대운동장, 여기서 아랍 올림픽 대회가 열린다. 항구 서쪽에 이브라임 궁전, 상가의 남쪽에 네비 다니엘 사원, 이곳에 한때 이 알렉산드리아를 지배한 사우드 파샤와 그 일족의 무덤이 있다. 북쪽 항구는 전혀 오리엔탈 스타일. 거기서 뻗어 나간 반도 위에 궁전이 있는데, 파르크가 퇴위한 후엔 일반 사람도 드나들게 되어 있어. 그리고 이 모하메드 아리 가와 서항 사이가 유명한 빈민가. 그런데 이것이 바로 알렉산드리아의 동체야. 이 빈민가에서 운하를 건너서면 공업지대. 남쪽에 아랍인들의 묘지가 있는데 이것은 로마의 지하묘지에 비교할 만한 규모를 가진 거대한 것이다. 이와 정반대편에 지금은 알렉산드리아 대학, 옛날엔 파르크 대학이 있고 학생수는 2만에 가깝다.⋯⋯"

한바탕 설명이 끝나자 호텔 나폴레옹의 주인은 한숨을 쉬었다. 지나가는 여자들의 모습에 시선을 옮기면서⋯⋯.

"프린스 김, 조심해야 돼. 저 여자들을 봐. 열에 일곱은 창부다. 예사로 너의 섹스를 녹여 버릴 수 있는 맹독을 가진 것들이지. 그러나 삼천 년 전 알렉산더 대왕의 막료들의 코를 문질러 댄 유서 깊은 병균들이니까 한번 걸려 보는 것도 영광스럽겠지."

카바레 안드로메다. 드디어 나는 회오리바람 속으로 휘몰려 들어가는 것이다.

로렌스 듀렐의 표현을 빌리면⋯⋯.

알렉산드리아는 파리 떼와 거지 떼가 차지하고 있는 도시다. 그 파리 떼와 거지 떼 사이의 중간적 존재를 향락하며 사람들이 사는 도시다. 다섯 종류의 인종이 붐비고, 다섯 종류의 언어가 소음을 이루고, 몇 타스의 교리가 서로 반목하고 질시하고 있는 도시다.

정상적인 분류로썬 이해할 수 없는 성의 형태, 다시 말하면 남성과 여성만으로썬 다할 수 없는 성의 형태, 자웅동종의 형태에 이르기까지 성은 분화하고 그로테스크하게 이지러져 있다. 그만큼 관능의 일락에 관한 한, 이 세계 최고最古의 도시는 그 역사를 뽐낼 수 있다. 섹스만이 목적이 되고 문화의 본질이 되어 있는 도시. 알렉산드리아는 사랑의 거대한 압착기다. 이 압착기를 빠져나온 사람은 거의 병자가 되거나 은사가 되거나 예언자가 된다. 사람들은 이 알렉산드리아에서 스스로의 섹스에 지친다. 다양하고 풍족한 관능의 일락. 그 망망한 관능의 바닷속에 스스로의 무력함을 한탄하지 않을 수 없는 도시. 그러니까 사람들은 병자가 되거나 은사가 되거나 예언자가 되지 않을 수 없는 것이다.

관능적 일락의 바다, 이 알렉산드리아에서도 카바레 안드로메다는 바로 그 중심이 된다. 이집트식 궁전의 위용에 불란서적인 전아함과 미국식의 편리를 가미한 15층, 삼백 실을 가진 이 대건

물은 인간의 향락심에 봉사하려는 것보다도 인간을 일락의 제물로 만들기 위한 신전이다. 수십만 불을 하룻밤에 탕진할 수 있게끔 마련된 갖가지의 설비, 그 일락의 목록만을 적어 보아도 능히 외설문서로서 월등한 가치를 가질 것이다.

내가 그 일원이 된 악단이 10여 개나 전속되어 있는 악단 가운데서 가장 큰 것이고, 카바레 안드로메다의 대홀에 자리 잡고 있다.

사라 안젤은 이 카바레의 무희다. 사라가 대홀에 나타나는 시간은 정확하게 밤 열한 시부터 열두 시 사이의 한 시간 동안이다.

사라 안젤!

나는 이 여인을 어떻게 표현했으면 좋을지 알 수가 없다. 알렉산드리아에서가 아니면 볼 수 없는 여인이라고나 할까. 나는 사라 안젤을 처음 보았을 때,

"사라 안젤은 카바레 안드로메다의 여왕, 카바레 안드로메다의 여왕이면 이 알렉산드리아의 여왕."이라고 한 호텔 나폴레옹 주인의 말을 이해할 수 있을 것 같았다.

나의 서투른 문장력으로썬 사라의 아름다움과 매력을 전하기가 어렵다. 그저 내가 가진 어휘 전부를 동원해서 서툴게 감탄하는 수밖엔 없다.

소녀처럼 청순하고 귀부인처럼 전아하고 격한 정열에 빛나는 가 하면 고요한 슬기에 잠긴 것 같고 관능적이면서 영적인 여인.

사라를 보려고, 아라비아의 대공들이 모여들고, 이라크의 왕족이 모여들고, 요르단의 귀족이 모여들고, 이집트의 부호들이 모여든다. 그러나 사라는 그들에게 여왕처럼 군림했으며, 그들이 선물로서 가져온 온갖 값비싼 보물들을 여왕이 속령의 신하들이 바치는 공물같이 가납했다.

머리는 동양적 검은 머리, 긴 속눈썹에 가려진 눈동자는 향목香木 수풀로써 덮인 신비로운 호수, 그 긴 눈썹을 열면 천지의 정精이 고인 듯한 흑요석, 비애도 환희처럼, 환희도 비애처럼 나타나는 표정. 헬레니즘과 헤브라이즘의 조화가 극치를 이룬 전형에 가까운 아름다움. 희랍의 청랑함과 예루살렘의 금욕적 정진과 불란서의 교태와 영국의 마제스틱, 스페인의 정열이 가냘프면서도 탄력성 있는 육체 속에 미묘한 조화를 이루고 있는 신비.

사라는 동공을 열고 정면을 향하고 있을 땐 아무것도 보질 않는다.

폭풍이 불어도 뇌성이 진동해도 알렉산드리아가 폭발해도 눈썹 하나 까딱하지 않을 것 같은 무관심이다. 그런데 사라의 얼굴이 조금 갸우뚱해지며 큰 눈이 살큼 좁아지면서 눈동자가 나직

할 땐 어떤 흥미 있는 대상을 포착한 찰나다. 그러나 그러한 표정의 움직임은 찰나에서 끝나고, 동공은 다시 크게 열려지며 정면을 향한다.

안드로메다의 대홀엔 루이 왕조풍 샹들리에가 수없이 달려 있다. 탁자가 놓인 언저리엔 진홍색 융단, 벽엔 페르시아의 자수가 놓인 태피스트리. 그러면서 조명은 탕아의 주름살과 유녀의 강작強作한 화장의 거칠음이 보이지 않을 정도로 어둡고, 필요한 동작을 하기엔 불편하지 않을 정도로 밝은 표정을 나타내고 있다.

이 홀 한가운데 원형의 무대가 마련되어 있다. 이 무대 위에서 사라 안젤은 춤을 춘다. 스페인류의 강렬한 춤, 아라비아풍의 고혹적인 춤, 의상의 날개를 이용한 이집트의 춤, 전라에 가까운 차림으로 추는 춤에 이르기까지.

이러한 사라의 춤, 아니 춤추는 사라를 보기 위해서 사람들은 물 쓰듯 돈을 쓴다.

사라는 인간이란 얼마나 아름다울 수 있는가를 보여 주는 하나의 극한. 남성의 정열이 어떠한 대상으로 쏟아져야 하는가를 가르쳐 주는 하나의 전형. 여체의 신비가 어떤 것인지를 말해 주는 교훈. 진정한 향락이란, 지금 죽어도 좋다는 일락과 유열이란 어떤 것인가를 느끼게 하는 요물.

로트렉의 〈실페리크에 맞춰 볼레로를 추는 마르셀 랑데〉

홀 한가운데 원형의 무대가 마련되어 있다.

이 무대 위에서 사라 안젤은 춤을 춘다.

이러한 사라의 춤, 아니 춤추는 사라를 보기 위해서

사람들은 물 쓰듯 돈을 쓴다.

그러니 사라 안젤을 한 번 본 사람이면 그 주박呪縛에서 해방되지 못한다. 미국의 어떤 부호가 사라에게 매혹되어 전 재산을 탕진했다는 풍문이 있음직도 하고, 영국의 어떤 귀족이 사라 때문에 폐적되었다는 풍문도 있을 법한 일이다.

그러나 사라의 태도는 언제나 여왕과 같이 부드럽고 품위가 있었다. 군림할지언정 순종하진 않는 것이었다. 남자들로 하여금 관능의 바닷속에 익사케 하고 스스로는 그 바다의 언덕에 파로스 대등대처럼 의연하게 서 있는 것이다. 정직하게 고백하지만 나는 사라를 두고 남자로서의 욕망을 느껴 보지 못했다. 남자의 더러운 손이 미치기엔 그 육체가 너무나 영적으로 신성하게 생각되었기 때문이다.

내가 안드로메다에서 피리를 불기 시작한 지 일주일쯤 된 후의 일이다. 그 밤의 연주가 끝나고 숙소로 돌아올 차비를 하고 있는데 악장이 내 곁으로 와서 소개할 사람이 있으니 2층 휴게실로 따라오라고 했다. 따라가면서 "누굴 소개할 것인가?"고 물었더니 악장은 "가 보면 알겠지, 하여간 프린스 김이 영광으로 여겨야 할 사람임엔 틀림없다."라고 하였다.

호기심을 억제하지 못하고 악장의 등 뒤에 서서 휴게실 안을 보았더니, 이건 뜻밖의 일이었다.

사라 안젤이 커튼의 언저리를 만지작거리며 서 있는 것이 아닌가.

"내가 소개한다는 건 바로 이 사라 안젤 양이다. 서로들 인사를 해요. 이편은 당신이 만나길 청한 프린스 김."

"저 사라 안젤입니다."

나지막한 비로드처럼 산뜻한 감촉의 음성이었다.

"피로하실 텐데 뵙자구 해서 미안해요. 그러나 제가 하나의 청이 있어서요. 그 많은 음향 속에서도 전 당신의 플루트 소릴 가릴 수 있어요. 그만큼 당신의 플루트에 매혹된 셈이지요. 그래 악장에게도 말씀드렸습니다만 당신의 플루트 솔로만으로써 춤을 추고 싶어요."

나는 뭐라고 대답해야 좋을지 그저 얼떨떨하기만 해서 구원을 청하는 듯 악장을 보았다. 그랬더니 악장은 자기는 바쁜 일이 있다면서 자리를 뜨고 말았다.

사라는 나의 대답을 기다릴 필요도 없다는 듯이 말을 이었다.

"달빛이 그윽한 사막을 상상하세요. 카라반들이 피로에 지쳐 누워 있지요. 그 피로에 지친 애인의 감정을 돋우려고 유랑의 춤을 추는 겁니다. 아라비아의 신비가 감도는 망막한 사막, 그러한 사막에서의 사랑의 몸짓이니 더욱 안타까운 그런 춤이 될 게요.

프린스 김은 동양적인 정서가 몸에 배어 있는데다가 아라비아 사막을 이해하고 계시며 즉흥의 곡에 능하다고 들었지요. 그리고 저 자신도 그런 걸 느꼈고요. 그럼 내일 밤, 우리 시험을 한번 해 봅시다. 저의 시간 마지막 오 분 동안 손님들에게서 앙코르가 나오면 그때의 저의 의상과 포즈를 보시고 플루트를 불어 주십시오. 그럼 부탁합니다."

어안이 벙벙한 채 서 있는 나에게 백 속에서 꺼낸 조그마한 상자 하나를 안겨 주곤 사라는 홀연 내 눈앞에서 꺼져 버렸다. 나는 대사를 치르고 난 사람처럼 피로를 느껴 가까이에 있는 의자에 쓰러지듯 앉아 버렸다. 그러고는 무대 위에서가 아닌, 이제 막 바로 눈앞에 있었던 사라의 인상을 마음속에서 되뇌었다.

꿈속에서 만난 선녀. 무대 위에선 느껴볼 수 없었던 청순가련한 모습. 그러면서도 강렬하게 풍기는 개성, 섹시하면서 섹스의 매력을 초월한 매력을 가진 여인. 여인이 지니는 미덕과 비애와 신비를 일신에 지닌 여인. 관능보다도 더 강렬한 관능. 개성보다도 더 강렬한 개성. 현란 이상의 소박. 그 감동을 호텔에 돌아와 주인더러 말했더니 주인은 본래의 과장된 제스처를 몇 배나 확대시킨 제스처로 나를 안았다.

"자네가 미국 대통령이 되었다고 해도 내가 이처럼 놀라지는 않을 거다."

내가 또 사라에게서 받은 상자를 보여 주었더니 주인은 그것을 받아 곧 열었다.

"허 이건 페르시아의 흑마노다. 굉장한 선물이야 이건. 엘리자베드 여왕에게서 선물을 받았다고 해도 이처럼 놀라지는 않을 거다. 이 넓은 알렉산드리아에서, 사라에게서 선물을 받았다는 사람을 난 아직 본 적도 없고 들은 적도 없다. 그 여자는 필요한 의상을 장만하는 외엔 돈이라곤 쓰는 여자가 아냐. 수천만금을 벌었을 것이란 소문이 있어도 말야."

노인은 그러한 수다를 떨었으나 나의 마음은 불안했다. 피리를 부는 일에 있어서 불안을 느껴 본 일은 그때가 처음이다. 기대 섞인 불안 속에서 나는 그 밤, 거의 잠을 이루지 못했다.

드디어 그 시간은 왔다. 격렬한 템포의 스페인 무용이 끝났다. 언제나처럼 홀을 진동시키는 환성과 박수와 더불어 앙코르를 청하는 소리가 터져 나왔다. 플로어의 라이트가 일순 꺼졌다. 앙코르를 받기 위해서 사라가 의상을 갈아입는 시간이다. 나는 밴드 전면에 나와 그 어두운 일점을 응시했다. 울렁거리는 가슴을 진정하려고 숨을 죽였다.

플로어의 불이 켜지자 블루 암바의 라이트를 받고 연녹색 기다란 의상으로 몸의 반면을 가리고 반면은 나체를 드러낸 사라 안젤이 돌연 땅속에서 솟아오른 것처럼 서 있었다.

나의 피리는 어떤 영감에 이끌려 저절로 소리를 내기 시작했다. 나의 맥박처럼 등 뒤에는 가볍게 울리는 드럼 소리가 따랐다.

나의 눈은 사라의 춤에 취하고 나의 귀는 나의 피리 소리에 취했다.

내겐 홀도 청중도 없었고, 하늘과 땅도 없었고, 나와 사라가 있을 뿐이었다. 그처럼 순화되고 앙양되고 충실된 시간이 있을 수 있었을까. 우리는 완전한 일신이 되었다. 나는 사라가 되고 사라는 나의 피리가 되었다. 나는 피리를 부는 것이 아니라 사라를 불고 있는 것이었다.

플로어 매니저의 제지 사인이 없었던들 이 우리들의 플레이는 몇 십 분은 더 계속되었을 것이다. 본래 오 분간을 예정했던 것인데 끝내 보니 이십 분 이상을 경과하고 있었다. 지금까지 사라가 시간을 초과하면서까지 춤을 추었다는 일은 없었던 것인데.

사라의 춤이 끝나자 장내는 물을 끼얹은 듯 고요했다. 나는 우리들의 플레이가 실패한 것이 아닌가 불안했다. 그런데 조금 뒤에 터져 나오는 박수와 함성은 안드로메다를 폭파할 수 있는 위력을 가진 것 같았다. 우리는 비상한 성공을 한 것이다.

나는 '우리'라는 이 표현을 자랑스럽게 사용한다. '우리'란 나와 사라를 합쳐서 말한 것이니까. 환호의 파도 건너를 보니 아라비아의 부호들, 이집트의 부호들이 앞을 다투어 사라의 발밑에 보물을 던지고 있었다.

이 밤을 계기로 해서 사라와 나의 합작플레이는 공식 스케줄이 되었다. 나의 즉흥 연주는 나날이 세련되어 갔고, 사라의 춤은 날이 감에 따라 정채를 더했다.

악장은 나의 기량에 천재라는 명칭을 붙여 주며 칭찬했다. 내가 나타나기 전의 그 악단은 사라의 시종들이나 마찬가지였는데 내가 나타남으로써 밴드가 사라와 동격이 되었다는 악장의 말이었다. 이때의 나는 구름을 디디고 사는 것 같은 기분 속에 있었다.

이러한 어느 날 그 밤의 스케줄이 거의 끝나 갈 무렵 내일 점심을 같이하자는 전갈이 사라에게서부터 왔다.

장소는 안드로메다의 12층에 있는 귀빈용 특별실, 마레오티스 호를 눈 아래로 보는, 급사밖엔 드나들지 않는 밀실에서 나와 사라는 단둘이 만났다.

우리의 식탁 위에 이때까지 내가 보지 못한, 그러니까 이름을 알 수 없는 기묘한 꽃이 꽂혀 있었다. 하도 꽃이 이상해서 사라에게 물었다.

"이 꽃 이름이 뭐지요?"

"브렌데리아란 꽃이에요."

브렌데리아. 기묘한 그 꽃의 모습에 알맞은 이름이라고 생각하면서 나는 그 꽃을 조심스럽게 바라보았다. 화판 셋을 가진 아주 살이 엷은, 그리고 윤택이 없는 붉은 빛깔, 그 꽃 속에 겨자알만큼 조그만, 샛노란 꽃이 또 돋아나고 있는 것이다. 꽃 속의 꽃. 붉은 꽃의 바탕 위에 샛노란 꽃.

그러나 그렇게 이상하다고 해서 그처럼 그 꽃을 바라보고만 있던 것이 아니다. 사라를 정면으로 바라보기가 눈부셔 하는 수 없이 꽃에 시선을 쏟고 있었던 것이다. 이러한 나를 보고 사라는 물었다.

"프린스 김은 꽃을 좋아하십니까?"

"아아뇨."

"꽃을 좋아하시는 것 같은데……."

"꽃을 싫어하진 않지만 좋아하지도 않습니다."

"그건 또 왜요?"

"저도 어릴 적엔 꽃을 무척 좋아했지요. 그랬는데……."

"그랬는데……."

"제가 형하고 일본의 동경서 살고 있을 무렵, 저의 하숙집의 옆집 사람이 무척 꽃을 좋아하는 사람이었어요. 온 집이 꽃투성이라 별의별 꽃이 다 있었지요. 그리고 그 집주인의 아침저녁으로 꽃 시중드는 성의가 대단했습니다. 그래 우리는, 즉 형과 나는 그 사람을 대단히 좋아했었지요. 그런데 어떤 기회에 우리는 그 사람이 전직 일본 경찰관이라는 사실을 알았죠. 그리고 그 사람은 우리 동포를 고문하고 치사케 한 일이 한두 번이 아닌 위인이란 사실도 알았지요. 그자를 아는 사람은 그자의 이름만 들어도 밥맛이 떨어질 지경이라고 말하는 사람도 있었지요. 그 이야기를 듣자 그 사람뿐만이 아니라 그 사람이 좋아하는 꽃까지도 싫어하게 되더군요. 우리 동포를 죽도록 고문하는, 고문할 수 있는 마음과 꽃을 좋아하는 마음과 어떻게 유관할까, 하고 생각해 본 적도 있지요. 꽃을 사랑하는 데서 인정의 아름다움을 배우지 못한다면 꽃은 악마의 마음도 즐겁게 하는 갈보 같은 것이 아니냐. 이런 생각을 하게 되니 꽃에 대한 관심이 점점 줄어듭니다."

"이해할 수 있습니다. 그 마음." 하고 사라는 시선을 창밖으로 돌리면서 이런 말을 했다.

"악한 사람이 좋아하는 것이라고 모조리 싫어하게 되면 사람은 살아갈 수 없겠지요. 그러나 프린스 김의 그 마음 이해할 수 있을 것 같아요. 저에게도 그러한 경험이 있습니다. 나는 꽃을 좋아했지요. 꽃 중에서도 장미를 좋아했죠. 그런데 이런 얘기를 읽었죠. 독일 사람들이 2차 대전 중에 여러 군데 강제수용소를 만들곤 수백만의 무고한 사람들을 잡아 가두었다는 얘기는 들었죠? 그 가운데 아우슈비츠라는 곳이 제일 컸답니다. 그곳에선 매일 수천 명씩 사람들을 가스실에 넣어서 죽였대요. 죽이고는 그것을 불살라, 재를 만들고 그 재를 수용소 인근에 뿌렸대요. 그 수용소장의 마누라는 죽은 사람의 뼈를 가지고 여러 가지로 세공물을 만들 만한 끔찍한 여자예요. 사진을 보니까 잔인하기 이를 데 없이 생겼습니다. 그 여자가 장미를 썩 잘 가꾸었다나요. 죽은 사람의 재를 비료로 해서 말예요. 연합군이 그곳엘 가 보니 수용소장 사택의 뜰에 장미가 만발하고 있었더랍니다. 전 그 얘기를 읽고부턴 장미만 보면 구역질이 나요."

사라의 조용조용 되씹는 것 같은 말을 듣고 있으니 내 눈앞에 그, 사람의 재를 영양으로 하고 검붉게 피어오른 장미가 클로즈업되는 기분이었다.

"프린스 김은 먼 곳에서 오셨다지요? 그래 그곳의 이야기나 들을까 하고 무례인지 알면서 초대했지요. 헌데 프린스 김의 고국은 어디시지요?"

"코리압니다."

"코리아?"

사라는 의아한 표정을 지었다.

"중국 대륙과 일본 사이에 있는 나라죠. 중국 대륙에 결착된 채 일본을 향해서 뻗은 반도가 있지요. 그게 코리아입니다."

사라는 납득한 것 같은, 안 한 것 같은 얼굴로 고개를 흔들었다.

"우리 코리아는 이 알렉산드리아만큼이나 오랜 역사를 가졌지요. 역사 반만년이라고 하니까요. 그러나 이 알렉산드리아처럼 화려한 과거는 못 되죠. 비극이라도 알렉산드리아의 비극은 화려하지 않습니까. 첫째 클레오파트라."

"인구는 얼마나 되죠?"

"지금 우리나란 남과 북으로 갈라져 있죠. 갈라져 있다기보다 북쪽을 공산당들이 강점하고 있는 꼴이죠. 그래 남북으로 합치면 삼천만이 훨씬 넘지요."

"꽤 큰 나란데요."

"꽤 크지요. 그런데 저의 형의 말을 빌리면 오천 년 이래 간단없이 비극이 연출된 무대랍니다. 중국의 화를 입기도 하고 일본의 침략을 받기도 하고…… 지금은 분열되어 있고…… 그런데 사라 안젤은 한국전쟁을 모르십니까?"

"전쟁 얘기는 못 들었어요. 무슨 전쟁인데요."

나는 6·25동란이란 것을 대충 설명했다.

"그럼 동족끼리 싸운 전쟁이네요?"

"그렇다고만은 말할 수 없죠."

사라는 잠자코 있다가,

"스페인 내란 같은 게 아녜요?" 하고 물었다.

"그것과도 성질이 다르지요."

덤덤한 침묵이 한참 동안 흘렀다. 오월의 태양이 창밖에 화려했다. 그날의 지중해는 호수처럼 고요했다.

무슨 깊은 생각에서 깨어난 것처럼 사라는 매무시를 고쳐 앉으면서 입을 열었다.

"프린스 김은 게르니카를 아세요?"

"피카소가 그린 〈게르니카의 학살〉이란 그림의 게르니카 말인가요."

나는 이렇게 되물었다.

"피카소? 그런 사람은 몰라요. 그림을 본 일도 없고. 내가 말하는 게르니카는 스페인에 있는 조그마한 도시 게르니카죠."

"스페인 내란 때 공습으로 인해서 무고한 백성이 많이 죽었다는 곳이군요."

"잘 아시네요."

"헌데 게르니카를 왜 묻죠?"

사라는 동공을 열어젖힌 얼빠진 표정으로 돌아가면서 중얼거리듯 답했다.

"게르니카는 저의 고향입니다. 제가 다섯 살 때까지 거기서 살았죠. 게르니카의 폭격은 제가 다섯 살 먹던 해의 일이죠. 그러니까 아득히 삼십 년 전……."

나는 놀란 듯 사라를 보았다. 사라가 말한 사실에 놀란 것이 아니라, 그렇다면 지금 사라는 서른다섯 살이 아닌가 하는 생각에 놀란 것이다. 앞에 앉아 있는 사라를 어떤 사람이 서른다섯의 중년 여인으로 볼 것인가. 태양의 조명 밑에서 보아도 사라는 스무 살이 넘어 뵈지 않는 것이다. 잔주름 하나 없이 윤택 있는 피부와 맑은 눈동자는 바로 소녀의 피부이며 눈동자였기 때문이다. 세월도 그 가혹한 세파도 이 신비로운 여인만은 침범하지 못하는 것일까, 나는 이러한 감회를 마음속에서 되뇌며 사라의 이야기에 귀를 기울였다.

"……삼십 년이 지났지만 나는 그날의 일들을 똑똑히 기억하고 있습니다. 그날은 화창한 날이었습니다. 예배당의 첨탑이 눈부

시게 빤짝이고 있었으니까요. 우리 집은 게르니카의 한복판에 있었어요. 아버지는 잡화상을 하고 계셨지요. 동무들과 거리에서 놀고 있었는데 돌연 괴상한 굉음이 들리잖아요? 뭔가, 하고 두리번거렸죠. 그랬더니 수십 대의 비행기가 나타났지요. 우리 어린애들은 '야, 비행기가 온다. 비행기가 온다.' 하고 손뼉을 치며 하늘을 쳐다보고 있었지요. 그때만 해도 비행기란 신기한 것이었어요. 그랬는데 천지를 진동시키는 듯한 소리가 터지며, 아니 그런 소리가 터진다고 생각했을까 말까 하는 순간, 저는 정신을 잃어버렸어요. 제가 정신을 차리게 된 것은 그다음 날 변두리의 어떤 마구간에서였습니다. 정신을 차리자 아버지와 어머니를 불렀지요. 그러나 아버지와 어머니 오빠와 동생들은 온데간데가 없었습니다. 그 폭격 때문에 모두 죽어 버린 것이지요. 저만이 어떻게 해서 살아남았는데 폭격이 끝난 뒤, 파괴된 집들 사이에 헌 걸레처럼 내동댕이쳐져 있는 나를 지나가는 농부가 들여다보고 아직 숨이 붙어 있으니까 안아다가 자기 집 마구간으로 데려간 거지요. 하필이면 왜 마구간에 데려갔을까 싶겠죠? 그 농부의 집도 마구간을 남기곤 죄다 타 버렸던 겁니다. 이렇게 해서 저는 일시에 부모와 형제와 집을 잃고 고아가 된 거예요. 그러한 제가 어떻게 해서 이 알렉산드리아에까지 흘러왔는지……. 긴 이야깃거리죠."

사라는 여기서 잠깐 추억에 잠기는 듯하더니 다시 말을 이었다.

"그 비행기가 독일 비행기란 얘기를 들었을 때, 어린 마음으로도 독일에 대한 저주감을 가졌지요. 아버지와 어머니 또 오빠와 어린 동생들의 원수를 갚아야겠다고 이를 악물었지요. 그런데 원수를 갚기는커녕 보시는 대로 이 모양이니……. 그러나 저는 비행기를 열 대만 사서 거기 폭탄을 가득 싣고 독일의 도시, 꼭 게르니카만 한 크기의 도시를 폭격할 집념에 사로잡히게 되었죠. 저와 같은 처지의 스페인 남자를 비행사로 만들고…… 이 아이디어는 십 몇 년 전에 영국의 어떤 민간 비행장에서 영화촬영을 가장하고 폭격기 네 대가 이스라엘의 독립을 도우려고 떠난 사건이 있었죠. 그 사건에 힌트를 얻은 것인데…… 이게 지금의 저의 꿈이죠. 이 일을 해 놓고 나면 저는 아무렇게 되어도 좋아요."

이 말을 듣고 나는 사라가 수천만금을 벌었을 것임에도 헛돈을 쓰지 않는다는 호텔 나폴레옹의 주인 말을 생각했다. 이 가냘픈 여자의 가슴속에 엉켜 있는 집심執心이라는 것, 나는 사라의 숨은 비밀을 알아낸 기쁨으로 황홀하게 그 여인을 바라보았다.

그 이튿날 나는 헌책 가게에서 세계지도와 피카소의 게르니카의 복사판을 사 들고 사라에게 면회를 청했다. 사라는 반기면서 나를 맞이했다. 장소는 바로 어제의 그 방. 나는 자리에 앉자마자 지도를 폈다. 영국을 중심으로 한 지도여서 코리아는 그야말로 극지라는 인상을 주는 자리에 있었다. 사라는 한참 동안 앞발을 모으고 선 토끼 모양의 코리아를 바라보고 있더니 이것저것을 물었다. 그 물음에 대한 나의 설명은 저절로 불쌍한 고국에 대한 푸념 같은 것이 되었다.

나는 이어 피카소의 그림을 꺼냈다.

"이것이 〈게르니카의 학살〉이란 피카소의 그림입니다."

사라는 호기에 찬 눈으로 그 그림을 뚫어지게 바라보기 시작했다.

"피카소는 불란서에서 활동하고 있지만 스페인 사람입니다. 스페인 사람이기 때문에 스페인 내란에 관심을 갖지 않을 수 없었고, 더욱이 게르니카 사건엔 커다란 충격을 받은 모양입니다. 그 충격이 이런 명작을 낳은 거죠."

"명작?"

사라는 그 난해한 그림을 보고 뭔지 납득할 수 없는 것 같은 표정을 지었다.

"저도 그림을 잘 모릅니다. 저의 형에게서 들은 얘긴데 독일

피카소의 〈게르니카〉

피카소는 게르니카 폭격의 소식을 듣고 분노를 억제할 수 없었다.
고전적인 삼각형 구도 위에 큐비즘풍의 평면분할로써 구성하고 이런 장대한
건축적 회화를 만들었다

군이 연습을 가장하고 돌연 바스크 지방의 소도시 게르니카를 폭격한 것은 스페인 내란이 발발한 그다음 해인 1937년 4월 28일이라고 합니다."

"그렇죠. 4월 28일이죠. 화창한 날씨였구요."

사라는 그림에서 시선을 떼지 않은 채 중얼거렸다.

"이것도 형에게서 들은 얘긴데, 피카소는 게르니카 폭격의 소식을 듣고 분노를 억제할 수 없었다고 합니다. 그래 5월 1일부터 이 그림에 착수했다는 겁니다. 아픔을 참고 민절悶絶하는 말, 광란하는 소, 우는 여자, 죽은 아이를 안고 통곡하는 어머니…… 이런 이미지를 고전적인 삼각형 구도 위에 큐비즘풍의 평면분할로써 구성하고 이런 장대한 건축적 회화를 만들었다고 합니다."

"그렇게 설명하시니까 차츰 이해가 가기도 하는데요."

"형은 또 이런 말도 합디다. 투우의 소와 말에 나타나 있는 것처럼 생과 사의 인간적 비극을 비롯해서 억제할 수 없는 본능으로 인한 갖가지의 불행이 여기에 상징되어 있다구요."

"어떻게 그처럼 잘 이해하고 계시지요?"

"저의 이해가 아닙니다. 제 형의 설명을 그대로 옮기고 있는 거지요. 형은 이 그림의 복사판을 처음으로 입수했을 때 그것을 책상 위에 놓고 두고두고 제게 얘기했지요. 스페인 내란 얘기도. 저도 첨엔 뭔지 몰랐지요. 그랬는데 형의 얘기를 듣고 이 그림을 자꾸 보고 있으니까 이 그림을 알 것 같습니다. 사실적 수법으론 에센스를 묘사할 수 없지 않아요?

사실 이상의 사실, 상상 이상의 상징, 게르니카를 비롯한 인간악적 사건 전체에 통하는 심오한 의미가 나타나 있지 않습니까. 요는 이렇게 분노를 성형화시킨 강한 에스프리. 색채를 가지고 언어 이상의 내용을 말하려는 에스프리. 그림에서 의미를 찾는 것 자체가 무의미하죠. 빛과 형 자체가 의미고 목적인데 의미를 갖춘다는 것은 있을 수 없는 일이죠. 형은 또 말하더군요. 이건 게르니카의 의미를 그린 것이 아니라 바로 의미 그것이라고……."

사라는 그림에서 시선을 떼어 나의 얼굴을 똑바로 보면서 물었다.

"프린스 김의 형님은 화가입니까?"

"아아뇨."

"그럼 어떻게 그처럼 그림을 잘 아나요?"

"저의 형은 모르는 것이 없답니다. 그리고 아는 것도 없구요."

"그런 말이 어디 있어요."

"결국 불행한 사람이란 말이죠. 아는 것은 많은데 진짜로 알아두어야 할 건 모른다는 말입니다. 쓸데없는 것만 알고 있는 사람이란 불행한 사람이 아니겠어요?"

"그럼 프린스 김은 꼭 알아야 할 걸 알고 계십니까?"

"천만의 말씀입니다. 저와 형과는 비교가 안 되지요. 형은 불행하기는 하나 인간임엔 틀림이 없지만, 전 인간 축에도 끼이지 못하니깐요."

"그건 또 대단한 겸손이신데……."

"겸손이 아니고 정말입니다. 내겐 의견이란 게 없으니까요. 나는 형의 그림자, 그저 피리나 불며 사는 그림자죠."

사라는 엷은 미소를 띠며 말했다.

"그러한 것 자체가 의견 아녜요?"

미소를 띤 사라의 얼굴, 참으로 아름다운 얼굴.

"프린스 김이 그처럼 말씀하시는 걸 들으니 형님은 대단히 훌륭한 어른 같으신데요."

"훌륭하긴 뭐. 형은 죄인이지요. 훌륭한 사람이 감옥엘 갑니까?"

사라의 얼굴에 아른거린 미소가 놀람으로 바뀌었다.

"형님이 지금 감옥에 계세요?"

"그렇습니다. 전 이때까지 형님의 말이면 뭐든 옳다고 생각해 왔습니다. 형님의 글이라면 극상품이라고 생각해 왔습니다. 그랬는데 형이 감옥엘 가고부턴 생각을 바꾸었습니다. 감옥엘 가야 하는 사람이 옳을 리가 있어요? 잘못되었으니까 감옥엘 가는 것이 아니겠습니까?"

"그렇지도 않겠지요. 그런데 형님께선 소식이 있나요?"

"형에게서 종종 편지가 오죠. 고국의 감옥에서 여기까지 오는 덴 꼬박 두 달 걸려요."

"무방하시다면 프린스 김의 형님으로부터 온 편지를 종종 읽어 주실 수 없어요? 더욱이 지금 감옥에 계신다니 어떤 것을 생각하고 계시는지 알고 싶어요."

이런 일 저런 일 해서 나와 사라 안젤은 거의 매일처럼 짧은 시간이나마 서로 만나서 얘기하는 시간을 가지게 되었다. 그리고 형으로부터 온 편지를 사라에게 읽어 주는 일이 나의 일과처럼 되었다.

사라에게 읽어 준 첫 번째의 편지

"……10년이면 120개월이다. 120개월이면 3,650일이다. 윤년을 빼고도 시간으로 치면 얼마나 될까 놀라지 마라. 8만 7,600시간. 분과 초로써 계산하기는 싫다.

《말테의 수기》의 주인공은 얼마 남지 않은 자기의 생명을 초로써 계산해서 그 일견 흡족한 다량의 수에 우선 안심한다. 그러다가 하루 동안 8만 6,400이란 수가 뭉텅뭉텅 떨어져 나가는 바람에 질색을 하는 것이다. 그런데 이곳에서는 되도록이면 시간을 덩이로 헤인다. 10년, 10이란 간단한 숫자가 아니냐. 1년이 가면 9년이 남고, 2년이 가면 5분의 1이 가는 셈이며, 3년이 가면 3분의 1이 가고, 4년이 가면 2.5분의 1이 가고, 5년이 가면 2분의 1이 남을 뿐이다. 그리고 1년이라고 했자, 기껏 12의 숫자, 한 달이라고 해 보았자 4주 남짓한 4의 수.

그러나 시간의 실질은 줄지도 더하지도 않는다. 10분이 늦었다고 신경질을 내는 사람이, 한 시간의 공허를 메우지 못해서 안달하는 사람이 고스란히 앉아서 안아 넘겨야 하는 8만 7,600시간.

고마운 것은 시간이 흐른다는 사실이다. 흐르는 시간과 더불어 생명의 흐름도 고갈하겠지만 그것도 좋다. 죽을 수 있다는 건 얼마나 좋은 일이냐. 만약 사람이 죽지 않는다면 간악한 인간들은 천년만년의 징역을 만들어 낼 것이 아닌가. 어떤 의미로서도 백 세 미만에 죽는다는 것은 하나의 구원이 아닐 수 없다. 피해자와 더불어 가해자도 죽어야 하니까.

유폐된 황제의 사상을 아는가. 그건 이카로스의 날개를 달고

제이콥 피터 고위의 〈이카로스의 추락〉

다이달로스는 아들 이카로스에게도 날개를 달아 주며 비행연습을 시키고
"높이 날면 태양 열에 밀랍이 녹으니 너무 높이 날지 말고 너무 낮게 날면 바다의 물기에 의해 날개가 무거워지니 항상 하늘과 바다의 중간으로만 날아라" 라고 단단히 주의를 주었다.
이카로스는 자유롭게 날게 되자 너무 높게 날고 말았다.
그러자 태양의 뜨거운 열에 의해 깃털을 붙였던 밀랍이 녹게 되었고,
이카로스는 날개를 잃고 바다에 떨어져 죽고 말았다.

태양을 향하는 사상이다……."

"이카로스의 날개란 무슨 뜻이지요?"

형의 편지에서 어떤 감동을 받았는지 이렇게 묻는 사라의 얼굴엔 침통한 빛이 어렸다.

"이카로스란 사람이 하늘을 날아 태양으로 가려고 밀촉으로 날개를 만들었다는 신화가 있지요. 그걸 달고 태양을 향하니 될 말이겠어요? 태양의 열에 녹아 없어지게 마련이지. 감옥에 앉아 해방의 날을 기다리는 것이 죽음의 날을 기다리는 것이나 마찬가지란 뜻이죠."

사라에게 읽어 준 두 번째의 편지

"……황제의 식탁은 으레 성찬이다. 백주의 태양에선 광택을, 밤의 어둠에선 고요를 타고 이렇게 천지의 정기를 집약한 쌀과 보리. 어느 두메에서 자랐는지 야무지고 단단한 콩. 모두들 이 땅의 농부들이 애태우며 가꾼 곡식. 대양의 바람이 잠기고 산의 정적이 고이고 들의 새소리가 새겨져 있을 식물들이, 강렬한 스팀으로 인해서 연화되었다가 다시 원통형으로 굳어진 사등밥이란 관명들

名이 붙은 밥. 게다가 넓은 태평양도 비좁다는 듯이 웅크려서 살아온 새우의 아들의 아들들이 소금 속에 미라가 되어 나타나기도 하고 살은 이지러져 흔적이 없고 앙상한 뼈로써 미루어 생선엔 제법 깡치가 센 듯한 생선이 등장하기도 한다. 그런데 소위 생선이라는 게 나타날 때마다 감방 안에서는 가끔 시비가 벌어진다. 이 생선은 바다생활 1년에 육지생활 3년의 경력을 가졌다느니, 아니 바다 1년 육지 5년의 관록을 가졌다느니…….

수프는 지구의 깊은 곳에서 나온 물의 성질을 지닌 채 된장의 향기를 살큼 풍긴다. 들여다보면 거울도 될 수 있어, 황제는 그 수프를 거울 삼아 가끔 나르시스의 감정을 가져 볼 수도 있다. 황제의 식탁은 이처럼 성찬이지만 고적하다. 그러나 오만하게 버티고 앉아 황제다운 품위를 지키며 젓가락질을 한다…….”

사라에게 읽어 준 세 번째의 편지

“……창세기. 수천 년 전 목초를 따라 유랑하던 섬의 유목 민족. 그들의 뇌리에 아슴푸레 인각되기 시작한 창세의 신비. '빛이 있거라.' 하니 '빛이 있었다.' '그것이 하나님이 보시기에 좋았더라.' 이 '있거라.'와 '있었다.' '하나님이 보시기에 좋았더라.'로 이어 '저녁이 되어 아침이 되니 이는 첫째 날이니라.' 하고 되풀이하는 감격적 표현. 이러한 간결하고 감동적인 표현에 이르기까지엔 몇 천 년의 시간과 수만 두뇌의 여과를 거쳐야 했을 것이다. 그러나저러나 '있거라.' 하면 지체 없이 '있었다.'로 되는 능력. '있거라.' 하고 외쳐도 울어도 있어지기는커녕 없어져 가는 생명. 살려 달라고 외쳐도 들은 척도 않고 휘두르는 학살의 도끼 밑에 전전긍긍해야 하는 인간들이 어쩌면 이처럼 힘찬 염원을 아름답게 권위 있게 발현할 수 있었을까.

그런데 중요한 것은 다음에 있다. 하나님은 자기 모습대로 사람을 만들어 놓았으나, 사람의 분수를 지키도록 해야 하는 수단을 꾸미지 않을 수 없었다. 당연한 일이다. 그래서 금지 규정을 만들었다. 그때 바나 댄스홀 같은 것이 있었더라면 금지 규정의 내용은 좀 달라졌을 것이다. 그런데 당시는 모든 것이 초창기가 되어서 금지하려야 금지할 거리가 없었다. 사과가 금지 규정의 재료로 뽑힌 것은 그 반들반들 윤이 나는 붉은 빛깔이 유난히 여호와의 눈을 끌었다는 극히 우연한 사건 때문이었을 것이다.

이렇게 우연한 일이긴 해도 이 금지 규정은 썩 잘된 것이다.

'존재'란 이 금지 규정에 의해서 비로소 성립된다. '있다.'는 것은 '없다.'는 걸 조건으로 한다. '먹어선 안 된다.'는 건 '먹어야 산다.'는 절실한 사정 위에서만 있을 수 있는 금지 규정이다. 우리는 '먹어선 안 되는' 만 가지 물건 속에서 먹으며 산다. 우리는 '해선 안 된다.'는 사상 속에서 무슨 짓이든 하고 산다. '안 된다.'는 규정을 수록한 목록의 틈서리에 '된다.'는 여유를 개척하는 것이 우리의 생활이다. 인류가 스스로의 생의 바탕에 이 금지 규정을 자각하기까지 얼마만 한 대가를 치러야 했던가.

'이것을 먹어선 안 된다.'고 했을 때 세계는 아연 유혹의 세계로서의 매력을 띠고 나타났다. 강력한 유혹력 없는 금지란 무의미하다. 당시 우리의 조상의 눈앞에 세계가 돌연 두 개의 면모를 나타낸 것이다. 금지의 세계와 유혹의 세계.

사람은 이 금지 규정을 어김으로써 동물의 우등생으로선 실격하고 인간으로 비약 혹은 전락하게 된 것이다. 금지 규정을 어기고 난 뒤의 인간과 여호와의 관계는 처음으로 학교의 교칙을 어겼을 때의 학생의 의식 속에 재현된다. 자유의 대가는 매력과 전율이다.

인류 최초의 드라마를 연상해 보는 것은 흥미 있는 일이다.

무대 — 신장개업한 지구

조명 — 최신 제조의 태양

등장동물 — 이 드라마가 끝날 때까진 아직 인물이 생성되지
않았다.

배암 — 계주 같은 사람

이브 — 딸라장수 같은 사람

아담 — 딸라장수의 남편 같은 사람

여호와 — 한 푼의 소작료도 감해 주지 않는 노지주 같은 신

이런 구성으로 드라마가 진행한 결과 여호와의 전능이 불가
능하게 되었다. 바꾸어 말하면 '있거라.' 하면 '있었다.'로 되지 않
고 '있거라.' …… 얼마간의 계교, 그리곤 '있었다.'로 그 과정이 늘
었다.

결국 이 드라마의 결말은 신의 권위의 실추와 인간 승리를 기
록하게 된 것이다.

금지 규정을 깨뜨리지 말고 에덴동산에 그냥 살았더라면 하는
사람이 있는지 물어보라.

사람을 날씬하게 때려눕히는 기술을 가진 그것만으로 수억
만금을 번 역도산 같은 사람에게 물어보면 알 일이다. 예기치 못
한 환락을 즐기고 있는 침대 속의 버튼과 리즈에게도 물어보면
알 일이다.

그런데 이 궁성과 황제에겐 너무나 금지 규정이 많다. 나는 우울한 게 아니라 지쳐 있는 것이다. 지쳐 있는 신경을 일깨우기 위한 노력이 성전을 왜곡했는지 모를 일. 용서하라, 아우."

사라에게 읽어 준 네 번째의 편지

"……옥창獄窓 너머로 산을 바라볼 수 있다. 간혹 산 위에 바깥 사람들이 서 있는 것이 보인다. 비탈길을 짐을 진 남자, 짐을 인 여자들이 기어오르고 기어내리는 것을 볼 때도 있다. 거의 산마루까지 기어오른, 따닥따닥 부스럼딱지 같은 판잣집엘 들락날락하는 사람의 그림자를 볼 때도 있다. 나는 그런 사람들을 자유라고 부른다. 자유로운 사람이 아니라 바로 '자유' 그것. 그래 사람이 셋이 보이면 저기 자유가 셋이 있다고 말하고 다섯이 보이면 저기 자유가 다섯 있다고 말한다.

자유, 얼마나 좋은 말인가. 오늘은 따스한 늦은 봄의 날씨. 운동이란 이름으로 계호戒護하는 관리의 효과적 시야 안에서 다람쥐 쳇바퀴 돌 듯하고 있으면서 나는 그러한 자유를 보고 자유에 대해서 생각해 보았다.

짐을 지고 비탈길을 기어오르고 있는 자유. 짐을 지고 비탈길

86

을 내려오고 있는 자유. 두세 개의 감자를 구워 요기를 하고 화전을 파고 있는 지리산 속 농부의 자유. 할아버지가 죽고 아버지가 죽은 바다로 편주에 몸을 맡기고 떠나는 자유.

만약 날더러 그러한 자유와 지금 내가 놓여 있는 부자유를 송두리째 바꿔 줄 생각이 있느냐고 물으면 나는 어떻게 할까.

아마 나는 바꿔 주지 않을 것이다. 사람은 스스로의 운명을 살아야 한다는 그런 뜻에서 안 바꿔 준다는 것이 아니다. 돼지로서 사느니보다 소크라테스로서 죽는 편이 낫다는 그런 오만한 생각에서 안 바꿔 준다는 것도 아니다.

내게 있어선 내가 절대라는 것을 안 것이다. 지금의 나의 비자유가 내겐 절대란 걸 깨달은 것이다. 황제는 설혹 죽는 한이 있더라도 노예가 될 수는 없다. 나는 단순히 황제로서의 비자유를 노예의 자유와 바꿀 수 없다는 심정을 가졌을 뿐이다.

흔히, 절대적 진리란 없고 상대적 진리밖엔 없다는 말을 듣는다. 역사라고 하는 불사不死의 눈으로써 보면 그럴지도 모른다. 일반론을 통하면 그런 귀결이 나올지 모른다. 그러나 사람은 불사가 아니라 제한된 생명 속에 있는 것이다. 인간의 시간과 역사적 시간은 다르다.

인간은 절대적인 삶을 절대적인 시간 속에 절대적으로 살고 있는 것이다. 그럴 때 어떻게 해서 절대적 진리가 없다고 말할 수 있는가. 역사의 눈을 빌려 모든 가치를 상대적으로 관찰할 수는 있을지 모른다. 그러나 동시에 거기에도 있고 이곳에도 있을 수는 없는 것이다. 같은 시간에 그 길도 가고 이 길도 갈 수는 없는 것이다. 하지만 나는 아까 짐을 지고 산을 기어오르는 사람의 자유를 나의 비자유 속에 흡수시키는 이념의 조작은 할 수 있는 것이다. 그런데 그 사람의 자유는 나의 비자유를 흡수시키지 못한다……."

사라에게 읽어 준 다섯 번째의 편지

"……산상수훈을 비롯한 예수의 가르침을 그대로 지키려는 자는 광신자가 아니면 자살 희망자, 아니면 위선자일 게다. 그 정신을 살리면 되지 지엽말절에 구애될 필요가 없다면 이미 그것은 황금률이 아니고 역사의 유물이다. 나는 그렇게 설교한 예수의 모습을 권위에 찬 당당한 것으로 상상할 수는 없다. 피곤한 얼굴. 세상사에 지친 젊은 늙은이를 상상한다. 세상에 이와 같은 설교를 한다는 건 이만저만하게 지쳐 있는 것이 아닌 증거다. 내세의 보응을 확신시킬 수 있는 증거를 제시하지도 않고 어떻게 이런 자멸적 설교를 할 수 있었을까. 여간 강한 개성이 아니다.

그런데 이 어처구니없어 뵈는 자멸적 설교가 상식을 벗어난 바로 그 점으로 해서 뜻밖의 박력을 이 종교에서 주고 있는 것이다.

세속에 영합하기에 만전을 다한 이 종교가 세속국가에 의해서 박해를 받고, 온유한 복음을 근본으로 하는 이 종교가 예수의 이름으로 무수한 인간을 학살했다는 사실은 역사의 장난이다.

《한국천주교사》란 책을 읽었다. 가슴을 찌르는 것은 백 몇 십 년 전이면 서양에선 문명이 일진월보하고 있는 때인데 이 나라는 천여 년 전의 생활양식 그대로를 살면서 서로들 모해, 모살하는 데 영일이 없었다는 사실史實이다.

그때도 살해하는 방법, 고문하는 방법만은 월등하게 발달해 있었다. 전기시설을 이용한 최신식 방법을 제외하곤 고문에 있어선 그 당시 벌써 우리나라는 세계적 수준을 능가하고 있었다고 단언할 수 있다. 한국의 천주교사의 전반부는 이러한 예증으로서 귀중한 문헌이다. 그러니 이 땅에 뿌려진 천주교의 씨앗은 선배들의 희생으로 인해서 만만치 않게 뿌리를 박고 있는 것이다.

......

아가雅歌. 수천 년 전의 사랑의 노래. 수천 년 전 이스라엘 사람의 가슴속에서 솟아 나온 상사의 노래. 그 노래를 부르던 사람들은 그들의 백골을 고성능 현미경으로도 검출할 수 없을 정도로 흙이 되었다. 그러나 그 노래는 지금도 쟁쟁하게 우리들의 가슴에 울린다.

'예루살렘의 여자들아! 내가 원하기 전엔 깨우지 마라.'

이젠 깨울 사람도 없고, 깨워도 일어날 사람도 없다.

이런 감회를 지니고 모세의 오서를 읽어 보면 권력에 관해서 뭣인가를 배울 수 있다.

왜 권력이 필요했느냐?

어떻게 해서 권력이 필요했느냐?

어떻게 해서 권력이 발생했느냐?

권력은 무엇으로 지탱되어 있느냐?

권력이 어떤 형태로 변해 갔느냐?

권력이 스스로를 지탱하기 위해서 꾸며진 구구한 계교, 그 계교를 위해서 또 꾸며진 계교의 가지가지. 그런 계교로 꾸몄을 당시엔 대견한 일. 그러나 지금은 생각해 보면 보잘것없는 책략.

모세의 지도력이란 따지고 보면 결국 사기력詐欺力으로밖엔 이해할 수 없는 재료로써 가득 찬 것이 창세기를 제외한 펜타튜크다.

무수한 죄의 목록을 만들고 거기에 따른 속죄 방법, 처벌 방법을 만들어 이 방법을 통해서 지배계급의 먹이를 장만하고, 야성의 인간들을 거미줄에다 얽매던 이 기록을 보고 있으면 인간이란 것의 우열함이 시간의 원근법에 열을 비춰서 더욱 확연하다. 그러나 그날의 우열과 오늘날을 비교해 보면 전일의 우열함을 알고 있는 연후의 우열이니 오늘날의 우열이 더욱 악성이라고 말하지 않을 수 없다. 헤아릴 수 없는, 수없는 지성이 수많은 대학에서 쏟아져 나와도 이 꼴 이 모양이니 원죄라는 의식을 재조명해 볼 필요가 있는 것이다."

사라에게 읽어 준 여섯 번째의 편지

"……미국의 케네디 대통령이 오스왈드란 청년이 쏜 흉탄에 맞아 절명했다는 소식이 두터운 감옥의 벽을 뚫고 내 귀에까지 이르렀다. 그 소식은 내게 있어서 커다란 충격이 아닐 수 없었다. 루스벨트 이래의 가장 의욕적인 대통령, 미국적인 정치 정세가 용허하는 한에 있어서, 그가 그 속에 성장한 상황이 용허하는 한에 있어서, 그의 비전은 언제나 선명했고 진취성이 있었다. 벌써 전통으로서의 부담감을 지니게 된 미국의 정치사회에 선풍을 불어넣은 사람, 앞으로 그러한 방향으로 줄기찬 노력을 할 수 있는 사람이 그의 위업 도중에 쓰러졌다는 것은 슬픈 일이다. 역사는 어떤 인간의 자의 때문에 돌연 그 방향을 바꿀 수가 있다. 크게 보면 방향이 바꾸어진다고 해도 일시적인 우로를 취할 뿐이지 전체의 흐름은 그대로라고 할 수 있을는지 모른다. 개인을 어떠한 사회현상 속에서 설명할 수 있을는지는 모르나 개인이 또한 역사나 사회현상에 결정적인 영향을 끼친다는 사실을 우리는 등한히 할 수 없다. 불란서 대혁명이 나폴레옹적인 인간을 낳은 게 필연적 사실일지는 몰라도 바로 나폴레옹이 등장했기 때문에 생겨난 현상을 무시하지 못할 것이 아닌가.

어느 때의 독일 정세가 히틀러적 인간을 있게끔 하는 필연성을 지녔을지 모르나 다른 사람 아니고 바로 그 히틀러였기 때문에 생겨난 정세의 변화를 또한 무시할 수 없는 것이 아닌가.

케네디의 경우도 마찬가지다. 케네디가 없어도 미국의 방향은 그것이 갈 곳으로 갈 것이다. 그러나 케네디가 있었기 때문에 조금이라도 달라진 방향 그것이 장래에 커다란 성과를 가져오게 할지도 모를 것이 아니었던가.

옥중에 앉아 지극히 부족한 데이터로써 이런 것 저런 것을 생각해 보았댔자 쑥스러운 일이고, 그보다 더 슬픈 환경에 있는 자가 그를 슬퍼하는 꼴 자체가 우스운 일이긴 하다.

케네디란 인간의 개인적인 입장에서 보면, 사십 몇 세에서 정치인으로서의 절정에까지 이르렀으니 남이 팔십이나 백 살을 산 것 이상의 보람을 가졌다고도 할 수 있다.

영광은 순간이 있으면 족하다. 인간은 영광을 위해서 비탈길을 기어오르고 영광에 이르고 나면 그 영광의 그늘 속에서 산다. 그러나 영광의 절정에서 깨끗하게 산화해 버리는 것도 그렇게 나쁜 피날레는 아닌 것이다.

그런데 한 가지 이상한 생각이 든다. 범인 오스왈드는 서른 몇 살이라고 하니까, 케네디가 열대여섯 살일 무렵의 어떤 밤, 아니 어떤 낮이라도 좋다. 하여간 케네디가 화려한 장래를 꿈꾸고 자고 있었든지, 공부하고 있었든지, 했을 어느 순간에 오스왈드는 이제 막 그의 아버지의 성기에서 발사되어 그의 어머니의 바기나, 그 음습한 동굴 속을 수억 동료의 선두에서 서서 헤어오르고 있는 한 마리의 정자였던 것이다. 그 정자가 삼십 몇 년을 지난 뒤 케네디를 죽인 흉족이 되었다는 사실. 당연한 이야기, 빤한 얘기를 대견스럽게 말하고 있다고 말하지 마라. 나는 인간의 운명, 또는 우연을 이렇게 번역해 놓고 암연한 표정으로 앉아 있는 것이다. 이 생각은 그러나 나의 창작이 아니다. 언젠가도 언급한 적이 있는 Y라는 나와 동방에 있는 노인이 취조관 앞에 불려 나갔다가 돌아오더니 이런 말을 한 것이다.

'그 취조관은 아무리 봐도 서른 될까 말까야. 그러니 내가 중학교 다닐 때, 상급학교 수험공부 하느라고 공부를 하고 있었을 어떤 밤, 그 사람은 저희 아버지의 섹스에서 발사되어 저희 어머니 섹스 속으로 들어가고 있었던 한 마리의 정자였을 것 아냐. 취조관 앞에 앉아 그의 얼굴을 보며 그것을 생각하고 있으니까, 무슨 장난 같드구먼. 에라 될 대로 되라 하는 생각도 들구.'

케네디 이야기를 쓰다가 이런 지저분한 것까지 들추게 되었지만, 하여간 인류는 또 하나 아까운 인간을 잃어버렸다. 그가 당선되었을 때 내가 얼마나 기뻐했는가를 기억하고 있을 너는 나의 이 상심을 충분히 이해할 것이다……."

사라에게 읽어 준 일곱 번째의 편지

"나와 같은 방에 있는 K는 아직도 자기의 죄를 발견하지 못한 모양이다. 자기의 죄를 발견하지 못하면서 징역살이를 하고 있는 사람의 처지처럼 딱하고 우울한 건 없다. 나는 내가 나의 죄를 발견해 준 과정을 설명해 줄까 하다가 삼가기로 했다. 스스로의 죄를 발견하는 과정에 의미가 있고 속죄의 길이 있는 것이기 때문이다. 그리고 그는 결코 나와 같은 지저분한 사람이 아니다. 부모에게 불효하지도 않고 마누라에게 부정하지도 않고 친구들에게 불신한 사람도 아니니 나의 경우와는 다르다.

그는 말한다. 나의 죄는 이 나라를 스칸디나비아 반도의 여러 나라와 같은 나라로 만들어 보겠다고 응분한 노력을 다한 죄밖에 없다. 소가 겨울 동안 쓸쓸해할까 봐 외양간의 벽에다 풍경화를 그리는 덴마크의 농부를 이 땅에서도 만들어 보고자 노력한 죄밖에 없다고.

그런데 실상 이것이 대죄인 것이다. 만약 어떤 사람이 압록강 경계에서부터 이 나라를 송두리째 끊어 내어 하와이나 타히티 부근으로 옮기자고 떠들어 대서 백성들의 마음만 부풀게 해 놓으면 그게 죄가 되지 않겠는가 말이다. 스칸디나비아의 나라들과 같은 나라를 만들자고 떠들어 대는 이야기는 따져 보면 이 나라를 유라시아 대륙에서 떼어다가 하와이나 타히티 부근으로 옮기자는 말과 똑같은 것이 아닌가. 안 될 일을 하라고 덤비면 귀찮은 일, 귀찮은 일을 하는 사람에겐 당연한 제지가 있어야 될 일이 아닌가.

이런 뜻을 말했더니 젊은 K는 발끈 화를 냈다. 그리고 나를 보고 당신은 재판을 그대로 긍정하느냐고 물었다. 나는 긍정한다고 답했다. 죄목엔 약간의 불만이 없지 않으나 벌은 당연하다고 생각한다고 말했다. 그랬더니 그는 나를 비굴하다고 했다.

비굴? 비굴이란 무엇일까. 나는 잠자코 K의 욕설을 참았다. 실권한 황제는 욕설 따위엔 관대해야 하는 것이다.

전번에 열거한 죄목 외에도 나는 나의 죄목을 많이 발견하고 있다. 예를 들면 나는 나의 몸에서 알코올분과 니코틴분을 말쑥이 빼고 정창정궤淨窓淨机 앞에 앉아야 되겠다고 십수 년을 별렀다. 그러나 나는 나의 뜻을 이루지 못하고, 언제나 자기 배신의 죄를 되풀이하지 않았던가. 나는 자기 배신처럼 큰 죄는 없다고 생각한다. 자기를 배신하는 사람이면 남을 또한 배신할 수 있는 것이다.

이러한 자기 배신에 대한 벌이란 의미에서도 나의 징역 10년을 승인한다. 나의 의지만으로써 할 수 없었던 정화작업, 우선 나의 몸에서 알코올분과 니코틴분을 빼는 작업을 벌이 강행해 주는 것이 아닌가.

젊은 K의 흥분은 쉽사리 가라앉지 않았다. 그는 다음과 같은 말을 했다. "어떤 사람이 당한 억울한 꼴이 그게 그 사람에게서만 끝나는 것이 아니고 언제 자기의 운명이 될지도 모르는 것이 아니겠소. 그렇다고 해서 남의 억울한 사정만을 돌보고 있을 수는 없을 거요. 하지만 소극적이나마 할 수 있는 행동의 범위에선 최선을 다해야 하지 않겠소. 우리 모두 억울한 꼴을 당하고 있는 사람

에곤 쉴레의 〈자화상〉

나는 나의 뜻을 이루지 못하고,
언제나 자기 배신의 죄를 되풀이하지 않았던가.
나는 자기 배신처럼 큰 죄는 없다고 생각한다. 자기를 배신하는
사람이면 남을 또한 배신할 수 있는 것이다.

들 아뇨? 그런데 당신은 사실을 직시하지 못하고 피하려고만 하고 있소. 그러니까 비굴하단 말이오."

말인즉 그럴는지 모른다. 그래 난 이 말에 무슨 답을 할 필요를 느끼지 않았다. 대신 이런 얘기를 하고는 그 자리를 얼버무렸다.

"미국 어떤 대학생들이 인도의 네루 수상을 방문했을 적에, 수상은 나이에 비하면 대단히 젊게 보이시는데 무슨 비결이 있느냐고 물었다네. 그랬더니 네루 수상의 답이 자기는 평생의 상당한 부분을 감옥에서 보냈기 때문에 그게 위생상 좋은 결과를 가져왔는지 모르지, 하고 대답했다는 얘기야. 억울하다, 억울하지 않다 하는 말은 지금 할 말이 아니고 우리가 숨을 거둘 때 그때, 대차대조표를 만들어 놓고 검토해야 할 문제가 아닌가."

대수롭지 않은 의견의 차이. 조금만 바꿔 생각하면 납득이 갈 수 있는 문제도 이곳에선 대단한 문제가 된다. 그리고 바깥세상에선 '에라 술이나 한잔하세.' 하고 해소해 버릴 수 있는 감정을 소화시키기에도 며칠이 걸리는 판이다……."

이런 편지를 읽고 있는 동안 사라는 알아들을 수 없는 특수한 것을 제외하곤 일언반구도 말을 섞지 않고 조용히 듣고만 있는 것이다. 지저분한 이야기가 태반을 차지하고 있었지만 먼 곳의 감옥 속에 갇혀 있는 수인의 감정이 사라의 심부에 있는 어떤 의식을 자극하기도 한 모양이다.

그런데 하루는 사라가 입을 열었다.

"프린스 김은 형님을 덮어놓고 나쁘다고만 하는데 내가 그 편지를 통해서 짐작할 수 있는 정도로선 그렇겐 생각이 들지 않는데요?"

이에 대해선 나는 이렇게 답했다.

"글을 쓴 것은 하나의 의태擬態가 아니겠습니까. 그 의태만 가지고는 저의 형을 모릅니다. 나는 형의 권력에 항거하는 그 자세가 틀렸다고 생각합니다."

사라가 나의 말을 멈췄다.

"편지를 통해서 보면 항거하는 자세란 게 보이지 않지 않아요?"

"감옥에서 편지가 나오려면 검열이란 게 있습니다. 그것을 고려해 넣으셔야죠."

"그렇다고 거짓말을 쓰지는 않았을 것 아니에요?"

"그렇지요. 거짓말을 쓴 것은 절대로 아닙니다. 그렇지만 감정의 색채가 약간 다를 것이고 말하고 싶어도 말하지 않은 부분이 많을 것이란 건 미리 알아 두셔야 하죠. 어떻든 전 형이 언제나 사회의 주류에 설 생각은 하지 않고 그 주류에서 일탈하려는 꼴이 보기 싫단 말입니다. 형은 권력이란 어떤 형태이건 나쁘다는 관념에 사로잡혀 있는 것 같애요. 권력이란 그것이 형성되기까지 그렇게 형성될 수 있는 본래적 이유와 객관적 조건을 갖추고 있는 것이 아니겠습니까. 그렇다면 이에 반항, 또는 외면하는 사람은 그런 현실을 부정한다는 이야기이고, 현실을 부정한다는 건 그의 생명을 부정하는 결과가 되는 것이 아니겠습니까."

"전 그런 어려운 문젠 잘 모르겠어요. 저 자신 현실에 편승한 채 거기서 헤어나올 생각을 하고 있질 않는 사람이니까, 그런 의미에서 전 프린스 김과 같은 의견일지도 모르죠."

나는 여기서 알렉산드리아에 회오리바람을 일으킨 장본인 한스 셸러를 등장시켜야겠다.

내가 그를 처음 만난 것은 안드로메다에서의 일을 끝내고 자정이 넘어서야, 호텔 나폴레옹의 나의 숙소인 6층 꼭대기에 있는 다락방으로 올라가는 도중 3층과 4층 사이의 계단에서였다.

서양 사람으로선 키가 그다지 큰 편이 아닌 얼핏 보아도 40을 넘어 보이는 사람이었는데 서로 지나칠 때 나는 그에게서 범상치 않은 의미 같은 것을 느꼈다.

넓은 이마. 그 위에 숱이 그다지 많지 않은 금발의 머리카락.

움푹 들어간 눈, 코와 귀와 턱이 단정한 윤곽을 이루고 있으면서 고독감을 풍겨 내는 그러한 얼굴, 한 번 슬쩍 보아도 사람 됨됨을 곧 알 수 있는 그러한 풍채. 나는 한눈으로 그가 평범한 인물이 아닐 것이란 단정을 마음속으로 내렸다.

그와 처음으로 말을 건네게 된 것은 그다음 날 아침 세면장에서였다.

아무런 인사도 없이 둘이 세면을 마치고 나오는데 복도에서 그는 내게 손을 내밀었다.

"전 한스 셀러라고 합니다. 귀하는 아마, 프린스 김이지요?"

나는 그의 손을 정답게 잡으며,

"그렇습니다. 프린스 김이라고 부르죠. 헌데?"

어떻게 내 이름을 알았느냐는 듯 그를 바라보았다. 그는 눈치를 챘던지,

"나는 그저께부터 이 호텔에 묵고 있지요. 그런데 이 호텔의 영감님이 당신 자랑을 합디다. 동양에서 온 프린스를 모시고 있다고. 플루트의 천재, 음악의 천재라고 대단한 자랑이시던데요."

"주인영감은 본래 좀 과장벽이 있지요."

둘이서 명랑한 웃음을 띠었다.

"난 당분간 이 집에 머물 작정입니다. 폐가 되시질 않거든 종

종 만나 뵐 기회를 주시기 바랍니다."

정중한 그의 청에 대해서 나도 정중하게 대답했다.

"귀하의 청을 기쁘게 받아들이겠습니다."

그날부터 나와 한스와의 교제가 시작되었다.

한스는 하나의 목적만을 끈기 있게 추구하고 있는 사람에게 특유한 정신의 깊이 같은 것이 인생의 바탕을 이루고 있는 그러한 사람이다. 그는 자기를 독일인이라고 했는데, 나는 불란서인 말셸과 대비해 보지 않을 수 없었다.

말셸은 익살꾼이고, 호방하고, 가끔 우울할 때가 없지는 않았으나 늘 명랑한 성격만이 전면에 나타났다. 말셸은 불란서가 독일군에 점령되었을 당시 레지스탕스의 일파에 속했던 그의 형이 나치에게 붙들려 학살당한 이야기를 할 때도 유머와 위트를 잊지 않는 그러한 위인이다.

이와 반대로 한스는 농담을 할 줄 모른다. 침통하리만큼 고요하다. 그러나 그의 천성이 선량하기 때문에 그의 침울한 언동으로 해서 주위의 사람들에게 불쾌감을 주지는 않았다. 고요한 가운데 어딘지 모르게 격렬한 정열이 깃들여 있는 것 같고 냉정해 뵈는 외면임에도 다정다감한 인간성의 편린이 보석처럼 빛나기도 했다.

나와 그는 금시에 의기상투하는 사이가 되었다. 둘 다 먼 고국을 떠나와서 살고 있는 생활환경이 우리들의 친밀도를 더했는지 모른다.

그는 매일처럼 어디론가 쏘다녔다. 그러곤 지쳐서 숙소로 돌아오곤 했는데, 어떤 날은 하루 종일 방에 처박혀 있기도 하고 나를 따라 안드로메다에 나타나선 나의 일이 끝날 때까지 박스에 앉아서 술을 마시기도 했다.

어느 날 밤이다. 둘이는 거리에서 실컷 술을 마시고 숙소에 와서 마실 술까지 준비하고 집으로 돌아왔다. 그리고 그날 밤은 그의 방에서 밤새워 술을 마시게 되었는데 나는 취한 김에,

"넌 매일처럼 어디론가 돌아다니는데 도대체 뭣을 하는 거야."
하고 물어보았다.

그 물음을 받자 한스의 눈썹이 꿈틀하는 것같이 보였다. 그러면서 힘없는 미소를 짓고는,

"사람을 하나 찾고 있지." 할 뿐 그 이상 말을 하고 싶지 않은 눈치였다.

취기의 탓도 있어 그런 그의 태도에 본래 내가 가지고 있던 독일인에 대한 감정이 되살아났다. 그래 이렇게 쏘았다.

"난 독일 사람이란 건 싫어. 베토벤이나 모차르트 같은 천재는

별도로 하고 일반 독일인에 대해선 일종의 증오감을 갖고 있지. 그런데 당신에겐 그런 걸 느끼지 않으니 이상해."

이에 대한 그의 대답은 그의 성품처럼 조용했다.

"독일인을 좋아하지 않을 이유야 많겠지. 나는 솔직하게 그걸 인정해. 독일인인 내 스스로가 독일인을 싫어하니까. 헌데 프린스 김이 독일인을 싫어하는 이유가 뭐지?"

"나야 뭘 알아? 내 형님이 독일인을 대단히 싫어하거든. 나도 솔직하게 말하면 그 형의 영향을 받은 거지."

"당신 형은 왜 독일인을 싫어하지?"

"그렇게 시비조로 물으면 곤란한데……."

"시비가 아냐. 그저 알고 싶은 거야."

"내 형은 히틀러를 미워하지. 아마 형이 가장 미워하는 사람이 있다면 그저 히틀러와 히틀러적인 인간일 거야. 형은 말버릇처럼 했지. 내가 꼭 살인을 승인해야 할 유일한 경우가 있다면 히틀러나 이와 유사한 족속들에게 대한 살인이라고."

"히틀러가 독일인 전부는 아니잖아?"

한스의 얼굴엔 여전히 미소가 있었다.

"형의 의견을 빌리면 히틀러를 만들어 낸 것은 독일인이고 그러한 독일인은 결국 히틀러 같은 사람이라는 게지. 히틀러가 대죄인이고 인류의 적이라면 그를 열렬히 지지한 독일인은 전부 그의 공범이라는 거지."

"히틀러."

한스는 신음하는 듯한 소리로 이렇게 중얼거리며 역시 조용한 어조로 말했다.

"내가 지금 찾고 있는 사람이 바로 히틀러다."

"히틀러를 찾아?"

나의 놀란 얼굴을 한스는 취기 어린 눈으로 바라보며,

"정확하게 말하면 히틀러의 앞잡이 가운데 하나다."

이렇게 말하곤 그는 단숨에 술잔을 비웠다.

"프린스 김의 형이 히틀러의 죄상을 어느 정도 알고 있는지는 몰라도 아마 그분이 알고 있는 부분이란 히틀러의 죄상 중에서 천 분의 일, 만 분의 일도 안 되는 정돌 거다.

내가 히틀러의 죄상을 한번 이야기할까. 히틀러가 정권을 잡고 독재체제를 만들기 위해서 행사한 그 야비한 수단, 또 정권을 유지하기 위해서 쓴 그 잔인한 수법은 그만두고라도 그가 만든 강제수용소 얘기를 하지.

1940년에서 1945년까지 히틀러가 죽인 사람의 수는 1,200만 명 이상이 된다. 이건 전투에서 죽은 것, 제법 재판이라도 받고 죽

케테콜비츠의 〈잡힌 사람들〉

인간이란 도대체 어떤 것일까.

남을 불행하게 만들기 위해서 쓰이는 인간의 두뇌란 건 도대체 뭘까.

은 것을 포함하지 않은 수다. 그러니 순전히 무저항 상태에 있는 시민을 1,200만 명이나 죽인 거다. 물론 독일 사람만을 죽인 것은 아니지. 유럽 전역에 걸쳐 히틀러가 점령한 지대의 시민들을 정치범, 또는 유태인이란 명목으로 강제수용소에 잡아넣어선 집단 살육을 한 거야. 독일의 과학이 발달했다고들 하지? 그 발달한 과학적 기술로써 눈 깜짝할 시간에 인격적 주체인 인간을 한 킬로 그램의 재로 만들었으니 독일의 과학도 자랑할 만하잖아? 요컨대 인류의 역사 가운데 이렇게 조직화한 악이란 게 이때까지 있어 본 일이 있는가. 귀국의 인구가 얼마랬지? 삼천여 만? 그 반수 이상을 죽인 셈이지.

가장 악명이 높은 곳이 아우슈비츠의 수용소다. 희생자들을 먼저 가스실로 통하는 지하의 탈의실로 데리고 가지. 거기서 옷이며 장신구들을 모조리 벗겨 놓고 목욕탕으로 데리고 간다면서 가스실에 처넣는 거야. 그런 시간의 지옥을 한번 생각해 봐.

그래도 여자들은 아이들만은 그 운명을 면하게 해 주려고 벗어 놓은 옷으로써 아이들을 감싸 놓기도 했대. 그러나 그 지독한 놈들이 어디 그런 틈서리를 주어? 탈의실을 철저히 탐색해 가지곤 아이들을 색출해서 가스실로 끌고 가는 거야.

가스실에 가스를 주입하기 시작한 지 30분만 되면, 전기조정기가 자동적으로 활동하기 시작해서 시체는 승강기로써 소각로로 운반되는 거야. 거기서 이천의 시체가 열두 시간 동안에 한꺼번에 재가 되어 버리는 거지.

가스를 사용한 살해법 외에 총살도 있고, 생매장도 있고, 주사로써 죽이는 방법도 있고…… 그들의 과학자들은 어떻게 하면 가장 짧은 시간에 가장 많은 사람을 죽일 수 있을까를 연구하고…… 난 과학이란 말만 들으면 진절머리가 나. 한편에선 의학이니 뭐니 해 가지고 사람의 병을 치료한다지만, 한편에선 이런 대량학살에 과학이 쓰이는 판이니, 과학이란 도대체 뭔가 말이다. 누군가가 이런 말을 했지. 사람 살리는 방법은 소매적인 것밖엔 발명되지 못했는데 사람을 죽이는 방법은 도매적이라고.

이런 참혹한 일은 아우슈비츠에만 있었던 일이 아냐. 적어도 이십여 군데 이와 대동소이한 규모의 인간도살장이 있었거든. 그리고 사람을 죽인 것은 수용소에서뿐만이 아냐. 독일 도처에 있는, 점령지구 도처에 있는 게슈타포에서 매일 수십 명씩 고문을 받고 죽어 갔거든. 인간이란 도대체 어떤 것일까. 남을 불행하게 만들기 위해서 쓰이는 인간의 두뇌란 건 도대체 뭘까."

이렇게 말하고 있는 한스의 얼굴에 피로의 빛이 돌았다.

"그래 당신은 유태인인가?"

"아냐. 되레 유태인으로라도 태어났으면 좋았겠어."

"그런데 히틀러의 앞잡이를 찾아다니는 이유는?"

한스의 눈썹은 또 한 번 꿈틀했다. 나는 곧 말을 그쳤다.

"아냐. 얘기하기 싫으면, 아니 피로하다면 얘기 안 해도 좋아."

한스는 술잔을 만지작거리며 무언가를 골똘히 생각하는 눈치더니,

"좋다. 좋은 기회다. 프린스 김에게만은 다 이야기하지. 아직 누구에게도…… 거의 십오 년째 내 가슴속에서만 간직해 둔 비밀을 프린스 김에게만 얘기를 하지……."

이와 같이 시작된 한스의 이야기를 간추리면 다음과 같이 된다.

한스에겐 아우가 하나 있었다. 한스가 자동차 수송병으로서 출정할 때 그 아우는 농업전문학교의 학생이었다. 한스의 집은 꽤 큰 농장을 가지고 있었다. 아버지는 일찍 돌아가시고, 편모를 모시고 농장이나 경영할 양으로 농업학교에 간 것이다.

한스의 동생 이름은 요한이라고 했다. 요한은 병아리가 죽는 것을 보아도 가슴 아파하는 심약한 소년이었다. 아마 평생 동안 개미 한 마리 밟아 죽이지 못했을 것이란 그런 소년이었다. 그 소년이 형이 출정한 후의 일인데, 그의 친구인 유태인 소년 하나를 자기 집 마구간의 위층에 숨겨 주었다. 그 사실을 게슈타포의 앞

잡이 노릇을 하고 있던 엔드레드란 놈이 말을 빌리러 와서 우연히 알아냈다. 유태인 소년은 물론 강제수용소로 끌려갔다. 동시에 요한 소년을 게슈타포의 유치장에 감금했다. 거기서 요한은 형언할 수 없는 고문을 받았다. 또 숨겨 놓은 유태인이 있을 것이니 바로 대라는 것이다. 요한은 당시 병력이 모자라서 그 보충 때문에 골치를 앓고 있던 시국임에도 병역을 면제받을 수 있을 정도로 허약한 체질이었다. 이와 같이 몸도 마음도 약한 요한이 그 지독한 고문을 이겨 낼 도리가 없었다. 그는 드디어 고문대 위에서 숨을 거두었다.

이 사실을 안 요한의 어머니는 광란 상태가 되어 게슈타포엘 찾아가 시체만이라도 내달라고 호소했다. 게슈타포는 모른다고 잡아뗐다. 그러던 참인데 어떤 농부가 요한의 어머니에게 귀띔을 했다. 언젠가의 새벽 게슈타포의 차가 마을 건너편 산으로 뭣인가를 운반해서 거기서 그걸 묻는 모양이더라고. 요한의 어머니는 농장의 인부들을 동원해서 그 산을 뒤졌다. 그리고 최근에 흙을 건드린 것 같은 곳이 있기에 파 보았더니 요한의 시체가 나났다. 전신의 타박상, 등 뒤에 전기인두로 지진 흔적, 손목엔 전선을 감은 흔적, 두개골은 거의 쪼개질 정도로 부서져 있는 처참한 꼴이었다.

요한의 어머니는 그 시체를 집으로 옮겨 와서 며칠을 울고 지내더니, 가까운 농장 인부를 불러 다음과 같은 부탁을 했다.

"내 큰아들이 만약 살아서 돌아오거든, 천千 일 만萬 일을 하지 못하더라도 이 원수만은 갚아야 한다."고.

이것이 유언이 되었다. 그 뒤 얼마 안 가 요한의 어머니는 요한의 뒤를 따른 것이다.

전쟁이 끝나고도 한스는 오 년 만에야 고향으로 돌아왔다. 소련에 억류되어 있었기 때문이다.

한스가 돌아와서 이 이야기를 듣고 그는 결심했다.

"내가 앞으로 산다고 한들 무슨 보람이 있을 것인가. 사는 의미가 도대체 어디에 있겠는가."

그는 어머니를 사랑하고 아우를 사랑했다. 그 처참한 원한을 외면하곤 그는 살아갈 것 같지 않았다. 행복? 포기한 지 오래였다. 그 무수한 죽음을 밟고 넘어온 한스는 죽어 없어진 친구들을 생각하고 이미 행복이란 이미지를 지워 버린 지 오래였다. 그러나 살아남은 데 대한 고마움으로 그는 고향에 돌아가 어머니를 모시고, 아우를 돕고 평생을 안온하게 살겠다는 데 모든 희망을 걸고 있었던 것이다.

그는 농장을 팔았다. 꽤 많은 액수의 돈이었다. 한스는 그것을 자금으로 해서 아우의 원수, 어머니의 원수를 갚으려고 나섰다.

모든 사람이 원한에 사무쳐, 그러나 견디며 사는데, 나 하나가 원수를 갚는다고 해서 무슨 의미가 있겠는가 하는 생각도 들었다. 또 사람들이 저마다 원수를 꼭 갚아야 한다고 서둘면 이 세계가 앞으로 어떻게 될 것인가, 하는 반성도 없지는 않았지만 나는 참고 견딜 수가 없었다. 만 사람이 다 참아도 나는 참지 않겠다. 만 사람이 다 용서해도 나는 용서하지 않겠다. 그 때문에 내가 지옥의 겁화에 불태워지고 아우가 겪은 것 같은 고문으로 인해서 죽음을 당하더라도 되레 그렇게 죽는 편이 낫다고 생각했다.

개미 한 마리 죽이지 못한 아우, 병아리가 앓는다고 밤잠을 이루지 못했던 아우가, 죄라곤 친구를 숨겨 주었다는 그것으로서 고문을 받고 죽었다는 사실, 그 시체를 안고 울고 새워, 울다가 지쳐 죽은 어머니를 생각할 때 나는 결심하지 않을 수 없었다. 내게 만약 프린스 김에 대한 피리 같은 것이 있었더라도 또 모르지. 내겐 아무것도 없거든. 사랑하는 사람의 원수를 갚는 일, 이 이상 큰일, 의미 있는 일을 나는 생각해 낼 수가 없었지. 사랑하는 사람의 원한을 풀어 주지 않고 무슨 사랑이냐. 나는 이렇게 마음을 다졌지.

이런 마음으로 한스의 원수 찾기는 시작되었다. 처음에 그는 그 부락에 주재해 있던 게슈타포의 명단을 입수했다. 조사해 본 결과 그가 찾는 엔드레드를 제외하곤 모두 폭사했거나, 전사했거나, 전후의 혼란 틈에 맞아 죽었거나 한 사실을 확인할 수 있었다. 그런데 엔드레드만은 생사여부를 확인할 수가 없었다.

그러자 조금 뒤 엔드레드와 다정하게 지낸 적이 있다는 창부를 알게 됐다. 그리고 그 여자를 통해서 엔드레드의 고향이 프랑크푸르트며 거기에 그의 누이가 아직도 살고 있다는 사실을 캐냈다.

프랑크푸르트란 대도시다. 그런 곳에서 엔드레드의 누이를 찾기란 풀밭에서 수은을 찾기보다 더 어려운 일이었다. 그러나 그는 묘하게 그의 누이의 거처를 알아냈다. 그 집 하녀를 매수해서 그 집으로 오는 우편물을 뒤지기 시작했다.

그 우편물에서 얻은 지식을 근거로 한스는 구라파 일대를 돌고 남미·일본에까지 간 적이 있다. 그랬는데 그를 찾기 시작한 지 십오 년 만에 그 집 하녀에게서 한 통의 편지를 이탈리아에서 받았다. 그 편지에 의하면 그자가 지금 이 알렉산드리아의 어떤 공장에 기사로 취직하고 있다는 것이다. 숨어 다니다가도 세월이 그만큼 흘렀으면 나타남 직도 한데 워낙 깜찍한 놈이 돼서 지금도 거처는 확실히 알리지 않고 변명으로서 편지를 한다는 것이지만, 그자가 알렉산드리아에 있는 것만은 틀림없는 사실이라고 한다.

"유태인이 모조리 보따리를 갖고 떠나 버린 후에 그자는 알렉산드리아에 흘러 들어온 게 틀림없어."

"당신이 매수했다는 그 하녀가 대단한데. 돈을 얼마 주었는가 모르지만 십오 년 동안이나 꾸준히 연락을 했다는 것이 말이야."

"십오 년 전에 벌써 사십을 넘은 여자였으니까 지금쯤은 노파가 되었겠지. 같은 집에 십오 년이나 계속해서 있는 것도 대단한 일이긴 하지. 그러나 맨 처음엔 그 여자가 매수된 거지만 뒤에 사정을 알고부턴 충심으로 내게 협력하게 된 거야. 그 여자의 동생도 게슈타포의 희생이 됐다는 거지. 혹시 내게 협력하기 위해서 그 집에 달라붙어 있는 것인지도 모를 일이고……."

"그자의 얼굴은 아나?"

내가 이렇게 묻자 그는 안주머니에서 낡은 사진 한 장을 꺼냈다.

"이것을 우연히 입수했는데 사진을 보니까 기왕에 내가 두세 번 본 적이 있는 놈이드군. 그러니까 만나기만 하면 알지."

나는 그 사진을 내 손에 옮겨 놓고 들여다보면서 말했다.

"그럼 나도 이자의 얼굴을 좀 익혀 두어야지. 안드로메다에 나타나는 일이 있을지도 모르고 혹 거리에서 만나는 수도 있을는지 모르니까. 우리나라 속담에 소 뒷걸음치다가 쥐 잡는다는 얘기가 있지……."

얼굴의 윤곽은 비교적 정돈되어 있는 편이었지만 생김새 전체
에서 풍기는 인상엔 야비하고 사악한 데가 있었다. 간단히 말하면
악한 독일인의 전형적인 얼굴이었다.

한스의 이야기를 들은 그날 밤, 나는 잠을 이룰 수가 없었다.
사랑이란 뭣인가. 사랑하는 사람의 원수를 갚아 주지 않고 무슨
사랑이냐. 나는 한스의 자기 아우에게 대한 또는 어머니에게 대
한 사랑과, 나의 형에게 대한 사랑을 부득불 비교해 보지 않을 수
없다. 나의 형에게 대한 사랑은 한스의 그의 아우에 대한 사랑에
비하면 너무나 초라하고 무력했다. 나는 베개를 안고 흐느껴 울
었다.

한스의 고백을 듣고 잠을 이루지 못한 그다음 날 난 여느 때와
마찬가지로 사라를 만났다.

사라는 장난스러운 어조, 그러나 약간 가시가 돋친 듯한 어조
로 말을 걸어왔다.

"요즘 소문을 들으니 프린스 김에게 새로운 친구가 생겼다지
요?"

"그렇죠. 대단히 좋은 사람입니다. 이름은 한스 셀러."

"그 사람 독일 사람이라지요?"

"그렇습니다."

"독일 사람을 미워한다는 프린스 김의 얘기를 아직도 전 기억하고 있습니다. 어찌 하필이면 독일 사람하고 친구가 되죠?"

나는 한스의 고백을 빼고, 한스에 관한 이야기를 장황하게 늘어놓았다. 그리고 독일 사람 중에도 좋은 독일 사람이 있고 나쁜 독일 사람이 있는데, 한스는 좋은 독일 사람이라고 설명했다.

사라의 표정은 돌연 험악해졌다.

"그런 상식은 저도 모르는 바 아닙니다. 그러나 저는 굳이 이해해선 안 될 부분을 가지고 있어야 된다고 믿고 있습니다. 프린스 김에겐 그만한 상식으로써 행동할 수 있는 여유가 있을 겁니다. 그러나 저에겐 그런 여유가 있을 수 없어요. 그 사람도 히틀러를 향해서 '하이!'를 외친 사람 아녜요? 히틀러의 명령을 받고 전쟁터에 나간 사람 아녜요? 그자에게 만약 비행기에다 폭탄을 싣고 게르니카를 폭격하라고 히틀러가 명령했더라면 서슴없이 게르니카를 폭격했을 사람 아녜요? 물론 독일 사람 중에는 좋은 사람도 나쁜 사람도 있겠죠. 그러나 그건 어디까지나 독일 사람 중의 이야기지 게르니카에서 아버지와 어머니, 오빠와 동생을 잃은 저에게는, 아버지와 어머니를 죽인 독일놈과 그 독일놈의 공범으로서의 독일놈, 공범후보자로서의 독일놈이 있을 뿐입니다.

저의 감정이 이렇다고 해서 프린스 김까지 나의 감정을 본뜨라고는 말씀하지 않습니다. 다만 제가 존경하고 좋아하는 프린스 김이 독일 사람과 사귀고 있는 사실이 가슴 아프다는 것입니다."

나는 어쩔 줄을 몰랐다. 그래 다음과 같이 변명했다.

"그러나 사라 안젤, 그 사람도 당신과 꼭같이 히틀러를 저주하고 있습니다."

"실패한 상전을 신하들은 미워하게 되죠."

"그런 뜻으로 미워하는 게 아닙니다. 인류의 적, 대죄인으로서 미워하고 있습니다."

그러나 사라의 감정은 풀리지 않는 것 같았다. 그래 그날은 이런 응수가 있고 난 뒤에 따르는 서로 석연하지 않은 기분으로 헤어져다. 나는 우울했다. 추운 겨울날 겨우 빌어 얻어 양지쪽에 앉았는데 돌연 태양이 구름 속으로 들어가 버린 후의 거지의 초라한 서글픔 같은 것이 가슴속에 서렸다.

이런 경위를 나는 한스에게 이야기하지 않을 수 없었다. 사라의 이야기를 이미 나는 한스에게 말한 바 있었고, 한스 또한 열렬한 사라의 팬이었기 때문이다.

내 말을 듣자 한스는 침통한 표정을 더욱 침통하게 흐리게 하면서, 그의 버릇대로 조용하게 입을 열었다.

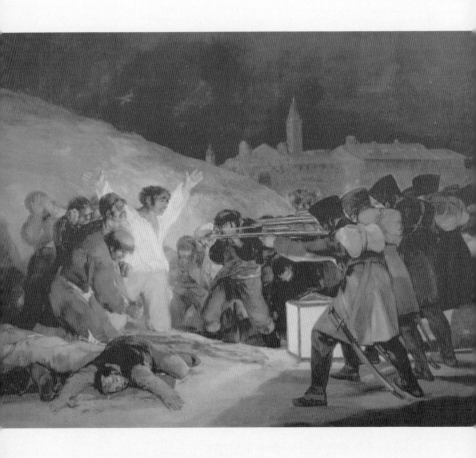

고야의 〈마드리드 수비군의 처형〉

사라와 한스의 첫 대면. 뒤에 회상해 보니 이것은 숙명적인 인연인 것 같았
다. 뭐라고 꼬집어 지적할 수는 없지만 애초부터 이상한 기분이 감돌았다.
서로 견인하는 마력과 같은 것. 반발과 견인의 기묘한 작용.
이것 역시 뒤에 다짐해 본 일이지만 꼭 만나야 할 사람들의
필연적인 상봉이라고 할까.

"그럼 프린스 김, 이렇게 전해 줄 수 없을까. 난 지금 대사를 계획하고 있는데, 아냐, 바로 원수를 갚아야 한다는 사정을 말해도 돼. 그 목적을 이루고 나면 내가 독일 사람을 대표하는 건방진 이야기지만 독일인이 저지른 죄악을 속죄하는 의미에서, 단적으로 게르니카에서 범한 죄악을 씻는 의미로 사라 앞에서 자결하겠다고. 그 대신 독일 사람 중엔 무력해서 반항을 못 했을 뿐이지, 히틀러와 그 일당을 증오하고 그 일당들 때문에 심한 고통을 당한 사람이 많은데 그 사람들에게 대한 감정만은 풀어 달라고. 그렇지 않아? 프린스 김. 스페인 사람 가운데도 게르니카 폭격을 하게끔 한 사람이 있고 그 때문에 화를 입은 사람이 있을 게 아니겠소. 나는 게르니카에서 화를 입은 스페인 사람과 같은 처지의 독일 사람이라고. 나와 같은 처지의 독일 사람이 많다고. 사라의 마음은 당연하지. 그러나 그런 의미에서 나를 미워한다면 견딜 수가 없어."

그날 밤 나는 사라를 찾았다. 그러고는 한스의 이야기와 그에 관한 이야기를 모조리 털어놓았다. 한스가 말하는 사랑을 위한 복수. 그 때문에 십오 년여에 걸쳐 원수를 찾아 세계를 돌아다닌 불굴의 정신과 노력. 그리고 한스와 같은 독일 사람이면 어떤 국민에게도 뒤지지 않을 만큼 훌륭한 인간이 아닌가고.

사라는 한스의 자기 아우나 자기 어머니에게 대한 사랑 이야기를 듣고 감동의 빛을 숨기지 않았다.

"좋습니다. 프린스 김, 그 한스란 분과 같이 만나게 해 주십시오."

사라와 한스의 첫 대면. 뒤에 회상해 보니 이것은 숙명적인 인연인 것 같았다. 뭐라고 꼬집어 지적할 수는 없지만 애초부터 이상한 기분이 감돌았다. 서로 견인하는 마력과 같은 것. 반발과 견인의 기묘한 작용. 이것 역시 뒤에 다짐해 본 일이지만 꼭 만나야 할 사람들의 필연적인 상봉이라고 할까.

처음엔 어색한 분위기가 아닐 수 없었다. 서로들 민족을 대표하는 사람들과 같은 회화가 오갔다. 한스의 말은 처음부터 부드러웠으나 사라의 말엔 날카로운 가시가 돋쳐 있었다.

"히틀러가 왜 게르니카를 폭격했지요? 그 이유를 아십니까?"

사라의 이러한 질문에 한스는 "히틀러는 공산주의자들의 세력을 꺾기 위해서 한 짓일 겁니다." 하고 답했다.

"빨갱이를 폭격하는 건 좋아요. 우익과 좌익의 싸움이니까 우익이 좌익을 공격하는 건 당연하죠. 그러나 빨갱이를 폭격하려면 빨갱이 있는 곳을 폭격해야 되지 않겠소? 왜 아무런 죄도 없는 사람들을 죽이는 거죠? 빨갱이도 아무것도 아닌 순박한 백성들만 살고 있는 도시를 왜 불사르는 거죠? 노인과 여자와 어린아이는 왜 죽이는 거죠? 난 빨갱이를 싫어하니까 빨갱이를 어떡한다고 해서 항의하는 건 아네요. 내 아버지도 어머니도 오빠도 어린 동생도 나도 빨갱인 아니었습니다. 그런데 왜 그런 사람들의 머리 위에 폭탄을 터뜨리는 거죠? 전쟁과는 아무런 관련도 없는 도시에다 뭣 때문에 폭탄을 뿌린 거죠?"

"그러니까 나쁜 짓이죠. 그러니까 미국의 대통령도, 영국의 수상도, 불란서의 대통령도, 로마 교황도, 심지어는 프랑코를 지지하는 나라들까지도 게르니카 폭격은 비인도적인 야만행위라고 일제히 항의성명을 내지 않았습니까. 독일인의 한 사람으로서 사과를 드립니다."

어디까지나 겸손하게 처신하는 한스 앞에서 사라의 서릿발도 녹지 않을 수 없었다. 사라는 아까와는 딴판인 훨씬 누그러진 어조와 태도로서 이같이 말했다.

"프린스 김에게서 당신에 관한 얘기, 당신의 의견에 관한 얘기를 충분하게 들었어요. 당신은 당신의 목적을 달성하면 내 앞에서 죽어도 좋다고 말했다지요. 당신의 눈을 보니 그 말이 진심이라고 믿을 수가 있습니다. 나도 부모형제의 원수를 갚아야 한다는 집념을 이때까지 키워 왔습니다. 그러나 지금까진 전 저대로의 준비는 하고 있어도 어디까지나 공상이며, 어느 정도가 실현

가능성이 있는지조차도 분간할 수 없었어요. 그런데 당신의 이야기를 듣고 있으니 앞으로의 나의 행동에 대해서 뚜렷한 이미지가 나타나는 것 같습니다. 또 용기를 얻었구요. 여태껏 살아온 보람 같은 것도 느꼈구요. 당신의 원수를 갚는 것이 내 원수를 갚는 거나 마찬가지란 생각도 들었구요. 난 당신의 사업에 협력하겠습니다. 당신 말대로 당신의 원수를 갚고 난 뒤에 내가 당신을 죽이든 어떻게 하든 내 맘대로 할 수 있지요? 그런 조건으로 난 당신에게 협력하겠어요."

그 후로부터 사라와 내가 만나는 자리에 한스도 끼이게 되었다. 사라와 내가 단둘이 만나고 있을 땐 별반 화제라는 것이 없어서, 형에게서 온 너절한 편지들을 읽고 그것에 관한 의견이나 주고받고 할 정도였는데, 한스가 끼이게 되자 우리의 모임은 활발해졌다. 화제의 폭이 넓어지고, 형의 편지를 읽고 난 뒤의 감상도 다채로웠다. 때론 히틀러 치하에 있어서의 독일 이야기, 원수를 찾아 전 세계를 돌아다니면서 얻은 견문을 말하는 한스의 화술에 시간이 가는 줄을 모르기도 했다. 더욱이 한스가 겪은 소련에서의 쓰라린 체험담엔 기막힌 대목이 많았다.

한스의 소련에서의 억류생활 오 년 동안의 체험을 듣고 사라는,

"스탈린이나 히틀러나 똑같이 흉측한 놈들이에요." 하고 중얼거렸다.

"그들뿐만이 아니라 독재체제를 갖추고 있는 자들의 생리란 모두 그렇습니다."

이렇게 말하곤 한스는 과거를 회상하듯 시선을 멀게 보냈다.

사라가 한스를 보는 눈엔 날이 갈수록 광채가 더해지는 것 같았다.

많은 고난을 사내답게 견디고, 오로지 한 가지 목적에만 정신을 집중시키고 있는 사람은 이상한 매력을 발산하는 것인가.

사라는 한스의 그러한 매력을 조금씩 느껴 가는 모양이다.

알렉산드리아에 있어서의 한스의 일과는 다음과 같다.

① 이미 매수해 놓은 국제우편국 직원으로부터 독일에서 온 우편물의 어드레스를 체크하고 독일로 가는 우편물의 송신처, 수신처를 체크하는 일.

② 공항과 부두에서 발착하는 비행기와 배에 타고 내리는 사람들을 체크하는 일.

③ ① 방법으로써 입수한 어드레스를 들고 알렉산드리아 시가를 돌아다니는 일.

이렇게 하길 벌써 두 달, 한스가 찾는 엔드레드의 행방과 거처는 묘연했다. 침착한 한스의 얼굴에 초조의 빛이 돌기 시작했다. 그는 곧잘 피곤하다고 드러눕기도 했다.

그런데 하루는 사라가 이런 제안을 해 왔다. 그 요지는 다음과 같다.

알렉산드리아에 있는 독일 사람이 공식적으로 나타난 숫자로는 거의 없다. 그러나 비공식적인 제안을 해서 100명 내외는 될 것이라고 추산할 수 있다. 그러니 독일 사람만을 위한 특별한 시설, 특별한 오락, 특별한 음식이 없다. 이런 점으로 보아 독일의 연예 쇼를 안드로메다에서 초청해서 공연시키면, 그리고 그것을 신문이나 라디오, 텔레비전을 통해서 대대적으로 선전해 놓으면 독일 사람은 한 번쯤은 와 볼 것이 아닌가. 한스가 눈에 뜨이지 않는 곳에서 입구를 지켜보고 있으면 혹시 엔드레드란 사나이가 나타나는 것을 볼 수 있을 것이 아닌가.

좋은 아이디어라고 한스는 말했다. 그러나 연예 쇼를 어떻게 초청하느냐가 문제라고 했다.

"그건 걱정할 것 없어요. 내가 안드로메다의 주인에게 교섭할 테니."

사라는 자신만만했다.

"그럼 이렇게 하면 어떨까." 하고 한스는 망설이면서 말했다.

"먼저 이탈리아나 불란서의 쇼단부터 초청하는 거야. 독일 쇼만 불러 놓으면, 엔드레드같이 신중한 놈은 당장에 무슨 미끼처럼 생각해서 경계할 것이니 말야."

그거 신중한 말이라고 나는 찬성했다.

사라도 그 의견에 찬동은 했으나, 차례차례로 그렇게 초청하게 되면 시일이 너무 많이 걸리는 게 탈이라고 했다.

그러더니 돌연 눈을 반짝거리고 손뼉을 치며 말했다.

"이탈리아와 독일의 쇼를 한꺼번에 부르면 되죠? 격일로 공연해도 좋고 낮과 밤의 무대로 교대시켜도 좋구……. 그렇게 합시다. 돈이 들 일이 있으면 내가 마련할 것이니 그런 걱정은 없어도 되고……."

사라의 청은 카바레 안드로메다에선 지상명령이나 마찬가지다. 사라의 이야기가 있자마자 안드로메다에서는 두 사람의 외무원을 하나는 독일로 하나는 이탈리아로 보냈다. 그리고 열흘쯤 후엔 알렉산드리아의 신문마다에 초청된 양국의 쇼 광고가 현란하게 나붙기 시작했다.

사라의 아이디어가 좋다고는 했으나, 그 아이디어가 그처럼 목적의 과녁에 빨리 적중하리라곤 나와 한스는 생각하질 않았다.

사라의 예견은 빈틈없이 들어맞았다. 독일의 쇼가 안드로메다에서의 공연을 시작한 지 이틀 만에 한스가 십오 년 동안을 추적하고 있던 엔드레드는 카바레 안드로메다의 대홀에 나타난 것이다.

나는 그 소식을 밴드의 박스에 앉아서, 도어보이를 시켜 한스가 보내온 쪽지를 보고 알았다. 나는 곧 그 쪽지를 사라에게 보냈다. 나는 비상한 흥분에 사로잡혀 피리의 소리를 제대로 내지 못할 지경이었다.

나와 사라와 한스는 휴게시간을 이용해서 쇼가 끝난 뒤 우선 그자를 안드로메다의 15층에 있는 퀸즈룸으로 유도해 올리는 계획에 대해서 대책의 합의를 보았다.

한스는 쇼 전후, 그리고 진행 중 줄곧 엔드레드의 거동을 지켜볼 것이다.

사라는 쇼가 끝나고 자신의 춤이 끝나면, 무대의상 그대로 객석에 내려가서 이 테이블 저 테이블에 종전에 하지 않던 애교 부리기를 하다가, 드디어는 엔드레드의 테이블에 가서 앉을 것, 그리고 다음은 사라의 수단에 맡겨 두고 있다가, 사라와 엔드레드가 퀸즈룸으로 가는 승강기를 타면, 그 뒤 승강기로 나와 한스가

15층으로 올라갈 것. 그때 나와 한스는 한 명씩 여자를 데리고 올 것. 15층에 이르면 나부터 여자를 데리고 퀸즈룸에 들어와서 사라의 맞은편에 앉을 것. 사라는 엔드레드의 옆자리에 앉을 것. 사라가 나를 소개하는 말이 들릴 때, 한스가 여자를 데리고 들어올 것. 들어와선 엔드레드의 정면에 앉을 것.

만약 엔드레드가 퀸즈룸에 오길 거절할 땐? 그때는 또 적당한 방법을 생각할 것.

약 두 시간 후, 우리는 계획한 그대로 안드로메다의 15층, 퀸즈룸에 앉게 되었다.

엔드레드는 이미 거나하게 취해 있었다. 안드로메다의 여왕, 알렉산드리아의 여왕의 시중을 받는 것이 한결 더 그의 취흥을 돋우는 모양이었다. 엔드레드는 한스와 친하려고 제스처를 썼고, 내게도 만만치 않은 환대의 정을 보였다.

한스는 상용商用으로 알렉산드리아에 왔다가 우연히 사라를 알게 되었노라고 함으로써 엔드레드의 경계심을 풀어놓았다.

그런데도 엔드레드는 자기소개를 할 때, 본명을 대지 않고 릭 켈트란 가명을 썼다. 왼편 어깨 밑이 부자연스럽게 부풀어 있는 것으로 보아 권총을 지니고 있음이 분명했다.

한스는 태연하게 술잔을 기울이면서, 먼 타향에서 고국의 동포와 만날 수 있는 것이 반갑다고 말하고 알렉산드리아에 있어서의 독일인의 상황을 물었다.

자칭 릭켈트란 엔드레드는 독일인과는 전연 교제가 없다고 말하면서 다음과 같이 덧붙였다.

"교제할 필요도 없구요. 독일인과 교제하려면 독일에서 살지, 뭣 때문에 이런 델 왔겠소. 독일은 오늘날 꽤 부흥했다고 합디다만 패배한 고국에 싫증을 느꼈소. 독일인으로서의 프라이드를 전연 상실한 것 같구요. 그런데 당신은 상용으로 오셨다고 하는데 대강 어떤 용무지요?"

"난처한 질문인데요." 하고 한스는 망설이는 투로 말했다. "이 거리엔 외국인도 있고, 나도 독일에서 살 수 없는 이유가 있어서 이곳에 오지 않았겠소."

한스의 말에 엔드레드는 무슨 자극을 받은 것 같았다. 이를테면 자기의 동지를 발견한 것 같은, 그래 돌연 쾌활해지면서,

"아까 본 쇼걸들 참 예쁘던데. 어떤 잡지를 보니까 근래 독일의 여성들이 일반적으로 예보다 훨씬 아름다워졌다는 건데……. 그런데 그 아름다운 육체를 미국놈들에게 내맡기고 있으니 비위가 상해서……."

"아직도 그 국수주의를 그대로 간수하고 계시는 모양이니 대단히 반갑습니다."

내게 곁눈질을 하면서 한스가 한 말이다.

"몸은 비록 타향에 있다고 해도 게르만의 프라이드를 잊을 턱이야 있겠습니까. 어떻습니까. 이 밤을 우리 실컷 술을 마셔 새웁시다. 고국의 동지를 만나서 이렇게 술을 나누어 보는 것도 십여 년 이래 처음의 일입니다."

엔드레드는 한스를 자기의 동지라고 인정해 버린 모양이었다.

한스는 엔드레드의 제안을 좋다고 했다.

엔드레드는 진정 기쁜지,

"사라 안젤 양과 프린스 김께서도 우리 두 사람의 상봉과 앞날을 위해서 같이 축배를 들어줄 용의를 가져 주십시오." 하고 술잔을 내밀었다.

사라가 그때 얼굴에 띠운 야릇한 웃음. 지온콘다의 웃음을 방불케 하는 웃음. 나는 가슴의 동계가 점점 심해짐을 느꼈다.

엔드레드는 완강한 체구. 한스는 허약하다고는 말할 수 없지만 화사한 몸집. 일대일의 승부로선 한스는 도저히 엔드레드의 적수가 못 될 것 같아서 나는 불안을 느꼈다.

한스와 사라 사이에 무슨 계획이 사전에 짜여 있는지는 모르나 내가 알기엔 그때까진 엔드레드를 찾아내서 복수를 한다는 그 관념 이윈 무슨 뚜렷한 계획이 없었다. 그리고 퀸즈룸까지 엔드레드를 유도하기는 했어도, 그 뒤에 어떻게 한다는 건 전연 계획 밖의 일이었다. 그러니 사라와 한스가 어떤 작전을 세웠는지 궁금했다. 아니 사라와 한스도 아무런 작전이 없는 것이 아닌가 하고 생각하니 불안하기 짝이 없었다.

나와 사라와 한스는 되도록이면 술을 적게 마시려고 수단을 썼다. 엔드레드는 사라 안젤의 뜻밖의 환대와 오랜만에 고국의 동포를 만났다는 흥분으로 큰 잔을 단숨에 들이켜고 또 들이켜고 했다. 엔드레드는 취기가 더하자 자랑인지 회상인지 분간할 수 없는 말을 터뜨리기 시작했다.

"세상이 세상 같으면 말야, 이 안드로메다뿐만이 아니라 세실 호텔까지도 나는 살 수 있었을 거야."

듣고 보니 독일이 패망한 원인은 유태인 때문이라는 것과, 국내에 반역자가 있었다는 데 귀착되었다. 말하자면 1,200만 명의 유태인과 정치범을 죽여 놓고도 그런 사람들을 덜 죽였기 때문에 독일이 졌다는 식의 논법인 것이다.

엔드레드의 말을 한스는 다음과 같은 질문으로써 막았다.

"그때 당신은 유태인과 반역자 숙청을 위해서 얼마만 한 공을 세웠소?"

엔드레드는 한스의 이 말을 자기의 공과 견줄 생각으로 묻는 말인 양 착각을 한 것 같았다.

"헤아릴 수 없지. 히틀러 총통의 뜻이 이루어지기만 했었다면 내 이 가슴이 못다 찰 만큼의 훈장을 받았을 거다. 나만큼 철저하게 했다면 결코 독일은 지지 않았어."

"대단한 공로입니다."

"대단하구 말구. 직접 내 손으로 처치한 것만 해도 천 명을 넘을 거야. 전쟁터에 나간 어떤 용사라도 나만 한 기록은 갖지 못했을 거야. 병정 하나가 적 천 명 이상을 처리했다고 가정해 봐. 전쟁의 결과는 빤하지 않겠어."

"그런데 당신이 죽였다는 천 명은 어떻게 해서 죽였지."

한스는 시선을 탁자 위에 떨어뜨리고 이렇게 물었다.

"그걸 몰라서 묻소?"

엔드레드는 정색을 했다. 그러고는 한스더러 물었다.

"당신은 전쟁 중 어디에 있었소?"

"나?" 한스는 맥이 풀린 어조로 대답했다. "우크라이나 근처에 있었지. 수송병으로……."

"수송병? 계급은?"

"졸병이지."

"졸병?"

엔드레드는 갑자기 무슨 우월감 같은 것을 느꼈던 것 같았다.

"그러면 당신은 전쟁 중 뭘 했지?"

한스의 소리가 나의 기분 탓인지 조금 날카롭게 되었다.

"난 총통의 직속기관에 있었지. 다시 말하면 게르만 정신의 중심부에 말야."

"그런데 당신 바이에른 근처에서 근무한 적이 없나?"

한스의 질문엔 위엄이 있었다.

"바이에른? 거기 있었지. 그곳뿐인가. 독일 국내에 내가 안 가본 덴 없지."

한스는 고개를 들고 잠깐 동안 묵묵히 엔드레드를 바라보았다. 실내엔 일종의 긴장감이 감돌았다. 아무것도 모르고 따라온 여급들도 이 이상한 공기에 눈치를 챈 모양이다. 그러나 술 취한 엔드레드는 기왕의 경력이 졸병에 불과했다는 동포를 앞에 두고 불안을 느낄 턱이 없었다.

나는 이제 곧 발화점에 와 닿은 불이 도선을 태우면서 근접해 올 때의 다이너마이트를 보고 느낄 수 있는, 그러한 긴장감 속에서 입안이 마를 지경이었다.

드디어 한스가 입을 열었다.

"당신은 바이에른에서 어떤 소년을 고문하고 죽이고 산속에 암매장해 버린 사건을 기억하고 있나?"

"고문이 다 뭐야. 국가를 위해서 정당한 조사를 하는데 반역심을 품고 바른말 하지 않는 놈 경을 쳐 주는 거지."

"그렇겠지 물론, 그런데 그렇게 경을 치다가 죽어 버린 사람이 있었을 것 아냐?"

"어디 하나둘이라서 외우고 있겠어? 자, 그런 케케묵은 얘긴 집어치우고 우리 술이나 마셔."

이렇게 말하곤 엔드레드는 자기의 술잔을 들어 사라의 잔에다 갖다 대면서,

"자, 알렉산드리아의 여왕을 위해서 건배. 클레오파트라의 매력보다도 월등한 매력과 품위를 지닌 사라 안젤을 위해서 건배!"

하고 떠들어 대는 엔드레드를 차가운 눈으로 바라보면서 한스는 다시 조용하게 물었다.

"요한 셀러라는 소년을 기억하지 못해?"

"요한 셀러, 바이에른에서…… 아 그 얘기 집어치우라니까. 그 놈의 아이 지금 생각해도 지긋지긋해. 유태인을 숨긴 것이 뭐 나쁜 거냐고 대들지 않아? 주먹 한 방 놓으면 죽어 없어질 녀석이

바락바락 반항만 하구 바른말은 하지 않구…….”

“그래서 전기인두로써 지지고 막대기로써 두개골을 깨고 해서 죽였구먼…….”

한스의 말은 여전히 고요했지만 또박또박하게 가시가 돋쳤다.

“앗다, 그런 얘긴 그만 하래두. 기분 잡친단 말야.”

그러고는 자리를 사라 곁으로 가까이 하더니 엔드레드는 야회복 위에 드러난 사라의 어깨에다 자기의 입을 갖다 대려고 했다.

그 찰나.

사라는 보기 좋게 왼손바닥으로 엔드레드의 오른편 뺨을 쳤다.

“이 게슈타포의 개녀석, 어디다 입을 갖다 대.”

한꺼번에 술이 깬 듯한 엔드레드의 표정. 가까스로 제정신이 돌아왔는지,

“쳇! 기껏 갈보년이 어쩌고 어째? 그래 게슈타포가 어떻단 말이냐. 너 유태인이지?”하고 고함을 질렀다.

“엔드레드!”

한스가 음성을 높여서 불렀다.

엔드레드라는 이름이 한스의 입에서 튀어나오자 엔드레드는 일순, 흠칠하는 것 같았다.

“엔드레드! 난 네가 고문해서 죽인 요한 셸러의 형 한스 셸러

다. 널 찾아내느라고 꼬박 십오 년이 걸렸다."

한스의 말엔 천 근의 무게가 있는 듯싶었다.

최초의 당황함이 가시자 엔드레드는 겨우 스스로의 침착을 되찾은 것 같았다. 그는 거만한 웃음을 띠며,

"그래 어쩔 테냐. 여긴 알렉산드리아다. 유태놈들은 한 놈 남기지 않고 추방해 버린 도시의 비밀기관의 촉탁이야, 나는. 내겐 너희들 손가락 하나 대지 못한다."

어느새 사라가 권총을 꺼내 들었다. 거의 동시, 아니 그보다 일순 앞의 일인지 모르겠다. 엔드레드의 손에도 권총이 쥐어져 있었다.

"쏠 테면 쏘아라. 보아하니 내 앞에 있는 녀석이 너의 정부인 모양인데 네가 나를 쏠 때 너의 남편인지 정부인지 모르지만, 이 자도 내 손에 죽는다."

그 뒤의 상황을 나는 정확하게 소상하게 설명할 수가 없다. 너무나 장면의 변화가 단시간 동안에 급격하게 일어났기 때문에 세부를 파악할 수 없었다.

"쏠 테면 쏘자."고 다시 한 번 엔드레드의 고함이 커지자 갑자기 테이블이 뒤집혀지더니 커다란 엔드레드의 덩치가 뒤로 나가 떨어지고 탁상의 그릇이 왈그락 부서지는 소리와 여급의 비명이

들렸는가 했을 때 권총소리가 몇 방 — 퀸즈룸은 삽시간에 수라장이 되었다가 삽시간에 고요를 되찾았다.

그 동안 1분. 아무래도 2분은 넘지 않았을 것이다. 그러나 영원한 시간처럼 느껴지기도 한 기묘한 시간이었다.

정신을 차리고 보니 엔드레드는 바른편 어깨 쪽에서 피를 흘리면서 천장을 보고 쓰러져 있었고, 한스는 창백한 얼굴을 하고 우뚝 서 있었고, 사라는 이제 막 불을 뿜은 권총을 쥔 채, 넘어져 있는 엔드레드가 깨어나기만 하면 또 쏠 것이라는 듯이 노려보고 있었다. 그러나 엔드레드는 다시 일어나지 못했다. 그대로 죽어 버린 것이다.

허망했다. 이것이 한스가 십오 년 동안에 노력한 결과인가, 하고 생각하니 허망했다.

한스와 사라는 그 자리에서 알렉산드리아의 경찰청으로 연행되어 갔다. 그날 아침의 신문은 일제히 이 사건을 1면 톱에다 센세이셔널한 제목을 달고 보도했다.

나는 신문마다에 난 한스와 사라의 사진을 바라보고 있으면서, 무슨 꿈을 꾼 것 같은 느낌에서 벗어날 수가 없었다.

엔드레드가 쓰러져 누워 있는 장면. 탁자가 뒤집힌 장면. 한스와 사라가 각각 한 팔씩 한 개의 수갑에 묶여 있는 장면 등의 사진이 신문의 제1면을 메우고 있었는데, 그런 광경을 내가 직접 목격했으면서도 어떤 영화의 장면을 보는 것 같아 도무지 실감이 나질 않는 것이다.

한스와 사라의 조사가 진행됨에 따라 나도 빈번히 증인으로서 불려 다녔다.

내게 대한 증언 청취의 요점은 한스의 살의유무에 있었다. 나는 한스에게 살의가 있었는지 없었는지를 그때까지 생각해 본 적이 없었다. 한스도 그저 원수를 갚는다고는 했으나, 엔드레드를 죽이겠다고 말한 적이 없다는 사실이 새삼스럽게 생각이 났다.

'원수를 갚는다'란 말을 곧 '죽여 없앤다'는 뜻으로 생각할 수 없는 것이 아닌가. 나는 이 점을 한스에게 따져 보지 못한 것이 한스러웠지만, 그의 마음속을 알 수 없는 나로선 추측만 갖곤 판단을 내릴 수가 없었다. 그래 취조관 앞에 나선 나는,

"원수를 갚아야 한다는 뜻을 그 사람이 가지고 있었던 것은 틀림없는 사실이지만, 원수를 죽여야 하겠다는 말은 들어 보지 못했다."고 되풀이할 수밖에 없었다.

사실 한스에겐 살의가 없었는지도 모른다. 엔드레드를 붙들었을 때 그에게서 반성과 참회의 흔적이 보였으면 한스는 그와 더불

어 같이 눈물을 흘리며 죽은 어머니와 아우의 영전에 사과시킴으로써 끝장을 냈을지 모를 일이다. 그러니 그날 밤 엔드레드가 그러한 불손한 태도만 취하지 않았더라면 이와 같은 결과가 나질 않았을는지도 모른다는 생각도 해 볼 수 있었던 것이다.

사건 직후 한스는 허탈한 사람처럼 되어 있었다. 경찰청으로 연행된 후, 처음으로 면회하러 갔을 때의 그는, 완전히 생의 의미를 잃어버린 것 같은 지친 모양을 하고 있었다.

이와는 대조적으로 사라 안젤은 얼굴빛에 생기를 더하고 생의 의미를 찾은 사람처럼 명랑했다.

한스와 사라의 사건에 관해선 신문들이 연일 새 사실을 발견해서, 그들에 관한 읽을거리를 계속해서 게재해선 시민들의 흥미를 돋우었다. 이렇게 사라는 명실공히 안드로메다의 사라로부터 알렉산드리아의 사라가 되어 버렸다.

그런데 사라 없는 안드로메다에서의 생활이란 내겐 고역이었다. 그로부터 나의 주된 과업이란, 한스와 사라를 번갈아 찾아 면회를 하면서 그들 사이의 연락을 취해 주는 일이었다.

한스와 사라가 재판에 회부될 무렵엔, 이 사건의 전모가 알렉산드리아의 전 시민에게 알려졌다. 그로부터 이 사건에 대한 시민의 관심이 더욱 높아져 갔다. 맨 처음에는 안드로메다의 고명

한 무희가 끼인 살인사건으로서 일반의 단순한 호기심에 작용한 정도였지만, 사건의 실마리가 이십 년을 거슬러 올라가야 하는 복잡한 배경을 가진 것이고 보니 식자들의 관심까지도 끌게 되었다. 알렉산드리아의 신문들은 그들의 독자적인 입장에서 사설을 발표했고, 알렉산드리아의 대학생들은 사라와 한스를 석방하라는 플래카드를 들고 시가행진에 나섰고, 가장 보수적 색채가 짙은 빅토리아 칼리지의 학생들까지도 사라와 한스를 위한 데모를 감행했다. 또 신문보도에 의하면 하루에 수백 통씩 그들의 구명을 바라는 투서가 알렉산드리아 법원에 날아든다는 것이다.

이러한 소란 속에서 나는 고독했다. 분주히 하루 일을 끝내고 나면 말할 친구도, 같이 놀 친구도 없는 형편이라, 창가에 무릎을 안고 우두커니 지중해를 바라보거나, 고국의 감옥에서 보내온 형의 편지를 읽거나 했다. 이 무렵에 형에게서 온 편지엔 다음과 같은 것이 있다.

"……엄지손가락만 한 쇠창살이 10센티미터가량의 간격을 두고 세로 일곱 줄 박혀 있는 넓이의 창. 이 창살을 30센티미터의 폭으로 석 줄의 쇠창살이 가로질러 있다. 그 쇠창살 안으로 각각 여섯 칸의 사각형으로 나눠진 유리 창문 두 짝이 미닫이 식으로 달려 있다.

　이렇게 가로세로로 꽂힌 쇠창살과 함께 열두 칸의 유리창이 겹쳐, 누워서 보면 어린이가 서툴게 그려 놓은 그래프 바닥처럼 보인다. 이 그래프에 좌표처럼 해가 걸리고 달이 걸리고 별이 걸린다. 생각하니 우리는 해를 가두고 달을 가두고 별을 가두어 놓고 살아 있는 셈이다. 얼마나 오만한 황제냐. 내가 갇혀 있는 것이 아니라 태양과 달과 별을 내가 가두어 놓고 사는 것이니 말이다.

　그런데 이 하늘을 금 지어 놓고, 태양과 달을 가두어 놓는 창 앞에서 발돋움을 하면 막바로 사형장의 입구가 보인다.

　두터운 담장의 일부에 거기만 푸르게 페인트칠한 문, 두 사람이 한꺼번에 들어갈 수는 없을 정도로 좁고, 키 작은 사람이라도 난쟁이가 아니면 꾸부리지 않고는 들어갈 수 없을 정도로 낮은 문.

　문. 대통령이 대통령으로서 관저로 들어가는 문. 유적流謫의 황제가 유랑의 길에 오르기 위해 나서는 문. 어린 학생이 란도셀을 메고 학교로 들어가는 문. 안주와 미희가 기다리는 요정으로 통하는 문.

　인간의 생활이란 따지고 보면 문을 드나드는 행동에 불과하다. 인류는 살아오는 과정에서 무수한 문을 세웠다. 앞으로 살아

가는 과정에서 또 무수히 문을 세울 것이다.

문 가운데 문을 세우고 또 그 문 속에 문을 세우는 문. 인생의 수를 무한하게 적분積分한 만큼의 수의 문을 드나들며, 무수한 다른 문은 다 제쳐 놓고, 인생은 왜 하필이면 저 문으로 들어가야 하는가.

가령 어느 13인의 인간이 저 문으로 들어가면 나올 땐 12인이 나온다. 1인은 이미 시체가 되어 있는 것이다. 들어갈 땐 자기 발로 걸어 들어가지만 나올 땐 자기 발로 걸을 수 없게 되어 있는 것이다.

해 질 무렵이면 삐걱거리는 수레의 바퀴 소리가 들린다. 사형장에서 시체를 끌어내어 시체 수용소로 옮겨 가는 소리다. 이튿날 뒷문이 열리고 시체는 가족에게 인도된다. 인수할 가족이 없으면 감옥에서 소정한 장소에 묻는다.

어제 J라는 청년이 사형 집행을 당했다는 뉴스가 흘러들었다. 시간을 꼽아 보니 우리들이 한창 식사를 하고 있던 시간이었다. 불과 100미터도 떨어져 있지 않은 곳에서 인간 도살의 작업이 진행되고 있을 때, 그때 황제는 보리밥덩이를 분주히 입속에 집어넣으면서 내 속의 돼지를 먹이고 있었던 것이다.

남이 사형을 집행당한다고 해서 내가 밥을 먹지 말아야 할 법은 없다. 죽는 자로 하여금 죽게 하라! 죽을 만한 죄를 지었기에 사형을 당하는 것이겠지. 죽어야 할 운명이었기에 죽고 있는 것이겠지.

어젠 청명한 날씨였다. 나뭇가지에 미풍이 산들거리고 새는 흥겹게 재잘거렸다. 이러한 날, 드높은 하늘 밑에서, 그 밀실에서 법률의 이름을 빌려 사람이 사람을 교살하는 작업이 진행되고 있었던 것이다.

사형이 뭣 때문에 필요한가를 생각해 본다. 사형이 필요하다는 논의만을 가지고라도 능히 하나의 도서관을 이룰 수 있는 부피가 될 게다. 허나 이와 같은 부피의 사형이란 있어선 안 된다는 논의도 있다.

어떠한 경우라도 사람을 죽여서는 안 된다면 설혹 신의 이름, 법률의 이름으로도 사람을 죽일 수 없는 것이 아닌가. 사람을 죽였다고 해서 사람을 죽인다고 하는 것은 어떤 면으로 보더라도 이건 모순이다. 이것을 감상론이라고 할지 모르나, 사형에 관한 문제는 이미 이론의 문제를 넘어서 신념의 문제인 것이다.

어떤 사람은 사형을 폐지하려면 이러이러한 조건이 충족되어 있어야 한다고 말한다.

그러나 인간 만사에 있어서 모든 조건의 충족을 기다려서 이

포크로브스키의 〈사형집행 스케치〉

사형이 뭣 때문에 필요한가를 생각해 본다.
사형이 필요하다는 논의만을 가지고라도
능히 하나의 도서관을 이룰 수 있는 부피가 될 게다.
허나 이와 같은 부피의 사형이란 있어선 안 된다는 논의도 있다.
사람을 죽였다고 해서 사람을 죽인다고 하는 것은
어떤 면으로 보더라도 이건 모순이다.

루어지는 일이란 드물다. 웬만한 조건으로서 타협하는 것이 인생이다. 그러니 어떠한 조건의 충족을 기다리기 전에 웬만한 정도에서 우선 사형부터 없애 놓고, 그러한 조건이 충족되게끔 계속해서 노력할 수도 있을 것이 아닌가.

베카리아 이래 많은 사형 폐지론이 나왔다. 그 골자는 사형이 궁극에 가서 범죄 예방을 위해 효과적이 못 된다는 것이고, 회복 불가능한 것이고, 위협 수단으로서의 속죄의 길을 막는 것이며, 혹 오판이라도 있었을 경우엔 상환불능한 것으로, 그저 복수의 뜻만 강한 형에 불과하다는 것이다.

그리고 사회의 질서를 유지하기 위해서 인간이 인간을 율律하지 않을 수는 없으되, 인간이 인간의 생명을 빼앗는 정도까지 율한다는 건 너무나 지나친 월권이 아닐까.

하지만 이러한 논의가 얼마나 무력한 것인가를 나는 알고 있다. 그러기에 사형 폐지의 문제는 이론의 문제가 아니라 신념의 문제라고 한 것이다.

최근 처형된 어떤 흉악범이 '나는 가도 나의 죄는 남는다'고 말했다고 한다. 진정 그렇다. 그 범인은 죽어 없어지더라도, 그 범인이 범한 죄는 남아 있는 것이다. 죄를 미워하되 사람을 미워해선 안 된다는 말이 있다. 이럴 때 미워해야 할 죄만 남고, 미워해선 안 될 사람만 없앴다고 해선 말이 안 되는 것이 아닌가. 두고 두고 죄인이 스스로의 죄를 속죄할 수 있도록 생명을 허용해 주는 것이 옳지 않을까.

꼭 그렇게 안 되겠다면 흉악범 외의 죄인에 대해선 사형을 적용하지 않는 배려만이라도 있을 수 없을까. 그 죄인에게 부모가 생존해 계실 땐 그 죄인의 사형 집행을 부모가 돌아가고 난 후로 연기시키는 배려라도 있을 수 없을까.

교수대의 삼줄은 단말마의 고통을 겪는 사형수들의 목에서 분비된 기름으로 해서 반들반들 윤택이 나 있다고 한다.

반들반들 윤택이 나 있는 교수대의 삼줄을 상상해 본다. 무수한 생명을 묶어 없앤 그 삼줄. 그 삼줄은 넓은 하늘 밑, 넓은 들판에서 무럭무럭 자랐다. 4, 5월의 태양을 흠뻑 받고 농부의 정성으로 해서 자랐다. 시골의 아낙네들이 삼을 벗기고 삼에서 실을 뽑아내는, 길쌈하는 것을 보았지. 청순한 소녀의 이빨로써 쪼개지고 하얀 살결이 포동포동한 무릎 위에서 꼬여진 삼줄, 그러한 역정을 밟아 교수대 위에 걸리게 된 삼줄.

너도 잘 아는 R정권 시대의 고관 K가 집행당할 때의 이야기다. K를 사형장까지 끌고 갔는데 집행관들이 아직 현장에 도착해 있지 않았다. 그래 거기서 기다리고 있는 참인데, K가 소변이

마렵다고 하기에 집행장 밖으로 데리고 나와서 소변을 시켰다는 것이다. 집행관을 기다리고 있으면서 소변을 보고 있는 K의 모습을 생각해 보라. 마지막으로 만지는 자기의 섹스. 그 섹스가 뿜어내는 오줌줄을 바라보고 섰는 그 모습, 그 마음. 나는 눈을 감을 수밖에 없다.

그러나 쓰는 김에 한 가지만 더 얘기해 두자. 어떤 죄명으로 당초엔 사형선고를 받았다가 무기형으로 감형되어, 십삼 년을 복역한 죄수가 있었다. 그런데 이 죄수가 기왕 지은 죄가 또 하나 발각되어 다시 재판을 받고 이번에도 사형선고를 받았다. 무기형으로 복역하고 있는 죄수이기 때문에 정상재량의 여지도 없다고 해서 극형이 언도된 것이다. 그 죄수의 집행에 입회한 어떤 담당 (그 사람은 그 후 형무관직을 그만두었다.)이 그 죄수의 마지막 말을 다음과 같이 전했다.

'나는 이왕 당하게 되었으니 할 수 없지만 내 뒤엔 다시 이렇게 참혹한 일이 없도록 했으면 좋겠다.'

아무리 법률이 잘 정비되어 있고 신중하게 재판이 진행되었다고 해도, 판결은 언제나 오판의 부분을 포함하고 있는 것이다. 천의 살인사건, 만의 살인사건이 있어도, 경험과 사람의 성품까지를 고려에 넣을 때 각각 다른 사건이다. 천 가지 만 가지로 다른 사건을 불과 열 개도 되지 않는 경화된 법조문으로 다루려고 하면 법관의 양심 문제는 고사하고, 필연적으로 오판의 부분이 생겨나지 않을 수 없는 것이다. 최선을 다해도 오판의 부분이 남는다는 법관의 고민이 진지하다면 극단의 형만은 삼가야 할 것이 아닌가.

작년만 해도 이 감옥에서 처형된 사형수의 수가 57명이 넘는다고 한다. 57명의 생명이 그 문으로 걸어 들어간 것이다. 나는 그 푸르게 페인트칠한 조그마한 문과 그 곁에 서 있는 플라타너스의 아직 어린 나무를 바라보고 있다. 저 어린 플라타너스는 머지않아 적적한 거목으로 자랄 것이다. 그때까지 또 몇 사람이 저 문을 들어간 채 나오지 않을 것인지.

아아, 나는 이 감옥에서 나가면 사형 폐지 운동이나 할까 보다.

꽃피는 아침에 눈을 비비며 일어나 엄마를 부르던 아이가 커서 옥중에 앉아 사형을 기다리고 있다."

"사랑하는 아우. 오늘은 부활절이다. 억울하게 박해를 당하는 사람이 이 세상에 없어지지 않는 한, 어질고 착하고 가난한 사람들이 고통하고 번뇌하고 있는 한, 예수에의 호소는 언제나 새롭고 절실하다. 나는 예수의 부활을 믿는 사람이다. 누구보다도 마음이 착했다는 죄, 누구보다도 불쌍한 사람을 동정했다는 죄, 누구보다

케테콜비츠의 〈어머니 연작 중〉

마리아는 이러한 예수의 어머니다. 그 아들의 참변을 겪은 어머니다.
마리아의 눈물은 억울한 운명을 견디어야 했던, 견디어야 하는,
그리고 지금 견디고 있는 아들 가진 온 누리의 어머니의 눈물이다.

도 눈물이 많았다는 죄, 누구보다도 동포의 구원을 희구하고 그 때문에 노력했다는 죄밖엔 없는 사람이 터무니없는 박해를 당했는데, 십자가에 못 박혀 창에 찔려 죽었는데, 그러한 사람이 부활하지 않을 리가 없는 것이 아닌가. 만인의 눈물 속에서 만인의 가슴속에서 예수는 부활했다. 생전의 모습 그대로 그 이상의 실제로서 부활한 것이다. 부활해서 영생을 얻은 것이다. 만약 이런 사람이 부활하지 않았다면 이 세상은 다 아무런 가치도 없고, 살아 있을 필요도 없는 세상이다. 그러니 나는 예수의 부활을 믿는다.

마리아는 이러한 예수의 어머니다. 그 아들의 참변을 겪은 어머니다. 마리아의 눈물은 억울한 운명을 견디어야 했던, 견디어야 하는, 그리고 지금 견디고 있는 아들 가진 온 누리의 어머니의 눈물이다. 사지에 몰려 들어간 아들을 어머니의 사랑으로도 구해내지 못했을 때의 그 어머니의 마음의 지옥. 그 지옥의 마음으로 흘린 어머니의 눈물에 보람이 없어서 되겠는가. 꼭 사형을 없앨 수 없다면 그 수인의 어머니가 돌아가시고 난 연후에 집행하도록 하는 법률은 만들 수 없을까. 그렇게 흔하게 만들 수 있는 법률이 아닌가.

마리아에게 드리는 기도는 전 세계의 어머니에게 드리는 기도다. 그러니 그 기도에 은총이 없을 수 없는 것이다. 예수에게 드리는 기도는 억울한 운명을 앞서 걸은 선배에게 대한 기도다. 그 기도에 위안이 없을 수 없을 것이다. 그런 의미에서 나는 마리아와 예수에 드리는 제식에는 찬성한다. 나는 그런 뜻에서 크리스천이다. 그러나 여기에서 빗나가 우리의 생활과 정신을 얽매어 그 근본의 에스프리와는 무관한 방향으로 끌고 가려는 일체의 교조에는 반대한다.

그런데 다음과 같이 말하는 니체의 주장은 어떻게 이해해야 옳을까.

"신약성서는 인간 중에서도 가장 비천한 종족에 속하는 자의 복음이다. 기독교는 자랑 · 거리의 애수 · 위대한 책임 · 고양과 정신 · 굉장한 야수주의野獸主義 · 전쟁과 정복의 본능 · 정열의 신격화 · 복수 · 분격 · 염려艶麗 · 모험 · 지식 등의 가치를 부정하기 때문에 단죄되어야 한다."

버트란드 러셀은 이러한 니체에 관해서,

"니체의 예언은 지금까지의 어떠한 자유주의나 사회주의자들의 예언보다도 사태의 진상에 적중하고 있다. 니체가 하나의 병폐의 표현이라면, 이 병폐는 현대사회의 전 분야에 걸쳐 상당히 뿌리 깊이 침투되어 있다."

고 말했다.

줄잡아 말하면 니체가 병이라면 이 사회가 병들어 있다는 이야기다.

니체를 안티 그리스도라고 한다. 그러나 나는 어쩐지 니체가 거꾸로 표현된 예수 그리스도 같이만 생각이 든다. 어떤 곡의 조를 바꾸어 놓으면 환희의 음악이 절망의 음악이 되듯이.

니체는 격한 어조로써 외쳤어도 마음씨는 소녀와 같이 수줍었다고 하지 않는가.

"나폴레옹은 위대하다. 병사, 아사해서 추잡하게 죽을 천민들에게 전사라고 하는 장렬한 죽음의 형식을 주고 있으니까."

나는 이 니체의 말을 읽고 니체의 본바탕을 알 것 같은 느낌을 가진 적이 있다.

"너 왼뺨을 때리거든 오른뺨마저 대 주라. 오 리를 가자 하거든 십 리까지 따라가라."는 예수의 설교를 듣고 그저 온유하게만 살아서 지독한 독재자들의 노예로서 살아온 사람들에 대한 분노의 폭발인 것이다.

아까의 니체의 말을 똑바로 번역하면,

"왜 꼼짝도 못하고 끌려다니느냐. 왜 나폴레옹에게 항거하지 못하고 네겐 아무 이득도 없는 전쟁터에 끌려 나가 개처럼 죽느냐."는 뜻으로 될 것이 아닌가. 그러기에 니체는, "반항할 때만 노예도 고귀하다."고 외쳤던 것이 아닌가.

지나친 이야긴지는 몰라도 나는 '니체가 예수가 부활한 하나의 면모가 아닌가? 그 전체는 아니더라도.' 하는 생각을 가져 본다.

이러한 니체를 히틀러가 이용했다는 것은 자기들의 구세주를 십자가에 못 박아 죽인 역사의 작희作戱와 다를 바가 없다고 나는 생각한다.

오늘, 부활절. 나는 예수의 부활을 믿는 마음으로, 네게도 그렇게 믿어 달라는 마음으로 이 편지를 썼다."

사라와 한스의 공판이 진행되자 재판정은 매번 인산인해를 이루었다. 사라라는 여자가 워낙 알렉산드리아의 명물인 데다가 사건 자체가 대중의 흥미를 돋우기에 알맞은 때문이기도 했다.

공판이 진행되는 도중 나는 하나의 중대한 사실을 발견했다. 사라와 한스와의 사이에 미묘한 작용이 일어나고 있는 것이었다. 쉽게 말하면 어느덧 두 사람은 상애相愛의 사이가 되어 있었던 것이다.

나는 한스와 사라가 사귀고 있는 동안 서로 호의를 가지기 시작했다는 사실만을 알고 있었다. 그러나 사라는 그의 성질과 그의 집념으로 해서 쉽사리 사나이를 사랑할 수 있는 여자가 아니라는 것도 잘 알고 있었다. 그리고 범행 직전까지도 두 사람의 사이는 서로 사랑하는 정도에까지 이르지 않고 있었다는 것을 나는 확언할 수 있다. 그런데 공범적인 입장에 놓인 그 순간부터 두 사람의 사이엔 급격한 변화가 일어난 모양이다.

검사가 사라더러,

"당신은 한스의 정부냐"고 모욕에 가까운 심문을 했을 때 사라는 서슴없이 "그렇다"고 대답해서 법정을 소연하게 한 일도 있었다.

또 범행 동기를 물었을 때, 사라는 게르니카의 상처도 말했지만 주로 사랑하는 사람을 위한 행위였다고 당당히 진술하고 살인의 직접적인 하수인은 자기며, 한스는 엔드레드에게 적개심을 가지고 있었을는지 몰라도 살의는 없었으며 살인 행위도 없었다고 주장했다.

일방 한스는 사라가 권총을 발사한 건 사실이지만 그것은 자기가 엔드레드에게 치명상을 가하고 난 연후의 일이라고 말하고 사라가 쏜 총탄은 그의 어깨를 스쳤을 뿐인데, 그 정도 가지고는 사람이 죽지 않는 것이라고 덧붙였다. 그러니 엔드레드는 한스 자신이 뒤엎은 탁자에 부딪쳐 뒤로 나가떨어지면서 후두부를 다쳐 죽은 것이라고 주장했다.

그리고 검사나 변호인이나 판사의 물음에 대해서 분명히 살의가 있었다고 답했다.

사실심리가 진행됨에 따라 검사와 변호인 사이에 유죄냐 무죄냐 하는 문제를 두고 치열한 논쟁이 벌어졌다. 이때 알렉산드리아의 각 신문은 다시 사설로써 이 사건을 논평했다. 유태인 배척에 언제나 급선봉적 역할을 하는 아랍계의 몇 신문을 제외하고는 대강 피고들에게 유리한 논조였다.

그중, 알렉산드리아에서 가장 많은 부수를 가진《알렉산드리아 데일리 뉴스》의 사설은 다음과 같았다.

카바레 안드로메다 사건은 근래에 드문 센세이션을 일으켰다. 이 사건을 분석하고 해석하고 그 등장인물의 과거를 추구하고 확대·추리하면 몰락 과정에 있는 유럽의 병리를 발견할 수 있을 것이다.

이 사건은 그 본질에 있어서 규명하자면 나치 독일의 죄악에까지 미쳐야 할 것이고 1937년에 일어난 게르니카의 학살 사건을 다시 한 번 회상해야 하는 노력이 필요할 것이다.

게르니카 사건이 있게끔 한 스페인 내란은, 부패해 가는 유럽의 병리적 현상이 집약되어 폭발한 축도적 사건이었으며, 유럽 정신이 타락해 간 단면을 나타낸 사건이다. 이 사건을 중심으로 우리는 국제적 음모와 배신과 계교가 인류의 미덕을 산산이 짓밟는 사실을 역력하게 들출 수가 있다.

그러니 이 사건이 당 알렉산드리아의 법정에서 심리된다는 데 깊은 의미가 있는 것이며, 마땅히 지대한 관심을 쏟지 않을 수 없는 것이다. 이슬람 문명과 헤브라이 문명, 그리고 헬레닉 문명을 종합 · 흡수해서 배양하고, 유럽 정신 · 유럽 문명의 요람이 되었던 이곳에서 병든 유럽 문명을 단죄하는 셈이 된다.

비법과 불법 사이에서 인간은 어떻게 해야 하느냐의 문제가 여기에 제기되어 있다. 그럴 때 취해야 하는 하나의 태도가 여기에 나타나 있다. 잊어버리고 체념해야 할 태도와는 강한 콘트라스트를 보이며, 기어이 잊지 않겠다는 태도가 여기에 나타나 있는 것이다.

피고의 하나는 자기의 일생을 희생시킬 하나로서 원수를 갚겠다고 마음을 먹었다. 그리곤 십여 년 동안을 원수를 찾으려고 전심전력을 다했다고 한다. 이것은 하나의 고전적 미덕이라고 할 수가 있다. 동시에 충분히 새로운 의미를 가지고도 있는 것이다.

체념 · 망각 · 타협 · 도피 · 자기변명으로써 지내는 세계 속에서 이처럼 깨어 있는 의식이란 신기하지 않을 수가 없다. 그렇다고 해서 우리는 이러한 태도, 이러한 의식을 무조건 용납할 수는 없다.

만약 그러한 태도, 그러한 의식을 용납하게 되면 인간은 복수의 영원한 링 속에 말려 들어가고 만다. 인류의 진보는 여기에서 중단된다. 그러나 일반론은 이 문제에 관한 한 적용될 수가 없다. 인간의 보존본능은 복수본능보다 훨씬 강한 것이다. 복수의 본능이 보존본능을 넘어서는 경우는 특수하다. 이 경우는 그러니 특수한 경우로서 다루지 않으면 안 된다.

꼭같은 결과의 범행일지라도, 만인이 미워해야 할 동기로써 이루어진 것인가, 만인이 동정할 수 있는 동기로써 이루어진 것인가에 따라서 다루는 방법도 또한 달라야 할 것이다.

심리 과정에서 나타난 바에 의하면 피고는 자기 자신에 관한 직접적인 원한에 대해선 이를 견디고 복수할 생각은 하지 않았다고 한다. 그러나 자기가 사랑하는 사람의 원한은 풀어 주어야 한다고 마음먹었다고 한다. 자기를 밀고하고, 구박하고, 학대한 사람들에게 대해선 소련의 억류생활 중에 얼마라도 원수를 갚을 수 있었지만, 모든 것을 피차의 운명으로 돌리고 되레 감싸 주었다고 한다. 이 사건의 보도가 전해지자 이러한 성품을 증명할 만한 투서가 기왕의 전우戰友에게서 본사 앞으로 수십 통 날아들기도 했다.

이러한 한스의 태도는 유럽의 기사도, 일본의 무사도를 방불케 하는, 그러니까 공감할 수는 있으나 실천하기는 어려운 일이다. 자기희생이 병행되기 때문이다. 이건 도의가 짓밟히고, 사랑이 기교화되고, 편리화되고, 수단화된 오늘날에 있어선 상당히 높게 평가해야 할 모럴이라고 아니할 수 없다.

말하자면 장려할 수도 있는 모럴이다. 이와 동시에 우리는 사람을 죽이거나 폭행을 해서는 안 된다는 모럴도 소중히 해야 할 처지에 있다. 이건 분명히 하나의 딜레마다. 이 딜레마는 만약 이와 같은 모럴을 처벌하지 않으면, 복수의 모럴이 유행해서 사회의 질서를 혼란케 하지 않을까 하는 우려와, 만약 이 모럴을 처벌하면 보기 드문 인간의 미덕을 벌하는 결과가 되지 않을까, 하는 우려의 딜레마로서 현실화한다.

그러나 이와 꼭같은 경우란 있을 수 없는 것이다. 다음에 만약 이와 비슷한 사건이 난다면 그것은 이 사건이 있은 다음의 사건이란 점에서 벌써 평가의 입장이 달라져 있는 것이다.

가령 이번의 사건이 무죄판결을 받았다고 치고, 그 뒤에 나타난 사건이면 설혹 꼭같은 희생정신이 발동한 범행일지라도 무죄판결을 받은 사건을 본뜬 범행이라고 해석할 수 있기 때문에 정상참작의 폭이 그만큼 줄어드는 것이다. 말하자면 무죄판결을 받을 수 있으리라는 예측하에서 한 범행으로 보고, 가상해야 할 자기희생 정신의 평가에 있어서 감점하지 않을 수 없을 것이니, 그것이 바로 유죄판결의 근거가 될 수 있는 것이다.

지금 이 사건은 살인이냐 과실치사냐 정당방위냐 하는 결론을 에워싸고 심리 중에 있다. 만약 그것이 살인이란 결론으로 낙착되더라도 가상할 수 있는 동기를 참작해서 관대한 처분이 있어야 할 것이다. 그러나 단순폭행으로 인한 과실치사라 하더라도 15년간 원한을 품어 온 것이 사실인 이상 간단하게 취급될 문제가 아니다.

법관의 명식과 현찰이 어떻게 이 문제를 처리할 것인지 기대해 볼 만하다.

《알렉산드리아 가제트》란 신문엔 이런 투서가 실렸다.

카바레 안드로메다 사건의 피고들에겐 부득불 벌을 줄지라도, 그런 행위는 권장해야 한다. 법률이 응분한 보복, 징벌, 또는 살계의 수단을 갖추고 있는데도 불구하고 사감으로써 살인을 했다면 이는 응당 엄벌에 처해야 한다.

그런데 원한의 대상이 분명 불법, 비법, 불의였음에도 법률이 이를 징치할 수단을 갖지 않을 때 개인은 그가 지니고 있는 원한을 어떻게 풀어야 하는가.

최후의 심판이란 건 없다. 내세에서의 보복이란 것도 없다. 이럴 때 한스와 사라가 행한 것 같은 복수 행위를 권장하는 것이 인도에 맞는 일이며, 악인과 비겁한 놈이 날뛰지 못하도록 하는 효과적 방법이 아니겠는가.

최고의 미덕은 불의를 행한 자에게 자기희생을 각오하고 복수하는 행위다. 동서의 법률 전통에는 관허官許의 복수 행위가 있었다. 이것을 부활시켜야 한다. 이래야 불의를 행한 놈이 꿈쩍 못하리라.

불의와 사악한 야심에의 정열은 치열해 가는데, 이를 징치해야 할 테러의 정열이 식어 간다는 것은 통탄할 일이다.

히틀러 정권 따위의 강도적 협잡정권의 앞잡이 하나쯤을 죽였다는 사실을 가지고 왈가왈부하는 것은 영광의 도시 알렉산드리아의 영예를 위해서 부끄러운 일이다.

사랑하는 사람을 위해 자기희생을 각오한 복수는 최고의 미덕이란 모럴을 우리는 정립해야 하겠다. 복수하는 것도 좋지만 질서도 지켜야 하니 이것은 딜레마라고《알렉산드리아 데일리 뉴스》의 사설은 말하고 있지만 우리는 딜레마를 겁낼 필요가 없다. 딜레마를 해결하는 유일한 방법은 테러이다.

겁나는 것은 무질서보다도 전도된 질서다. 전도된 질서의 표본이 나치적 질서가 아닌가. 그러한 질서에 적대하기 위해서라도, 적대하는 정신풍토를 만들기 위해서라도 한스와 사라에겐 관대한 처분이 내려야 한다. (알렉산드리아 대학생)

알렉산드리아의 검찰청에서 한스와 사라 사건에 관한 참고재료를 얻기 위해 게르니카·바이에른·프랑크푸르트에 파견된 조사관들이 돌아왔다는 신문보도가 나자, 그 한 주일 후에 검사의 논고가 있었다.

검사의 논고

본건은 독일인 한스와 스페인 여성 사라가 공모해서 독일인 엔드레드를 살해한 사건입니다. 시체검증, 현장검증, 범행시 목격자의 증언, 경찰·검찰 그리고 당 법정에서 행한 피고들의 진술을 통해서 볼 때, 이는 명명백백한 공모 살인사건이며, 살인사건의 법적 범죄구성 요건에 관해선 추호의 의혹도 개재할 여지가 없습니다.

피고 한스는 2차 대전 중 독일군의 일원이었습니다. 그가 귀향하자, 그의 아우 요한이 게슈타포의 직원인 엔드레드에게 연행되어, 그 직원에게 고문을 당하고 죽었다는 사실과 그 때문에 충격을 받아 어머니도 죽었다는 사실을 알았습니다. 그래 한스는 엔드레드에게 원한을 품고 세계를 전전 찾아다니다가 우연히 이 알렉산드리아에서 그를 만나게 되었습니다. 그는 그의 정부 사라와 공모해서 엔드레드를 카바레 안드로메다의 퀸즈룸에 납치, 한스는 탁자를 뒤엎어 엔드레드를 쓰러뜨리고 사라는 권총을 발사해서 엔드레드를 즉사케 한 것입니다. 사건의 경위는 이렇게 간명합니다.

그런데 이 사건을 정치적으로 흐리게 하려는 일련의 작용이 있다는 사실을 본관은 대단히 유감스럽게 생각합니다. 나치가 어쨌건, 게슈타포가 어쨌건 게르니카가 어쨌건, 그런 것은 당 알렉산드리아의 사직당국이 관여할 바 아닙니다.

본직은 이곳에서 발생한 하나의 살인사건, 명명백백한 공모로 인한 살인사건을 알렉산드리아의 법률에 비추어서 고발하고, 범법자의 처벌을 당 법정에 요구할 뿐입니다.

본관도 인간인 이상, 그들의 범행 동기엔 일말의 동정을 갖지 않는 바는 아닙니다. 그렇지만 개인에 의한 개인에의 복수는 사회

질서 유지상 엄격하게 금지되어 있을 뿐만 아니라, 만약 이와 같은 행위에 조금이라도 관용하는 태도를 보였다간 사회를 파멸로 이끄는 결과를 초래할 것입니다.

더욱이 피살된 엔드레드는 공무를 집행한 사람입니다. 공무를 집행하다가 월권행위를 해서 무고한 생명을 죽였다는 것이면 독일에도 엄격한 법률이 있었을 것이니 응당 의법 처단되었을 것입니다. 그런 처단이 되지 않았다면 당시의 독일 국정國情이 그렇게 하지 않아도 되었다던가 그럴 필요가 없었던가 했음이 분명합니다. 무슨 사정으로 안 한 것인지에 관해선, 본 검찰로선 알 수도 없고 알 바도 아닌 것입니다. 아무리 명예로운 알렉산드리아의 법정이라도 남의 나라의 사정을 살펴 내정간섭에까지 이르는 처사는 할 수 없으며, 더구나 남의 나라의 공무집행 상황을 비판해서, 그것을 본건 처리에 영향이 미치도록 작용시킨다는 것은 언어도단한 일입니다.

그러니 본관은 범행에 동기를 주었다고 하는 엔드레드의 행위는 공무를 집행한 행위로서 이미 완료된 것이라고 취급합니다. 그런데 이 공무집행이 어떤 사람의 감정에 거슬린다고 해서 복수를 허용, 또는 관용하는 따위의 사고방식을 가진다면 바로 이 알렉산드리아의 안위에 관한 문제로 발전할 것입니다. 다시 말하면 범행

162

동기의 근원이 외국에 있고, 범행자가 외국인이라고 하더라도 범행의 장소는 바로 이 알렉산드리아며, 이 사건을 어떻게 처리하느냐에 따른 영향은 바로 이 알렉산드리아가 받게 되는 것입니다.

개인의 보복을 금한 것은 발달된 법률사상에 그 근거를 두고 있는 것입니다. 그렇게 금지해야만 된다는 자각과 반성이 낳은 인간의 두뇌가 획득한 성과의 하나인 것입니다. 그리고 복수 감정을 이해한다고 하더라도 한스와 아우 요한이 죽은 것은 지금부터 이십 년 전의 일입니다. 아무리 흉악한 범죄도 이십 년이 지나면 시효가 되어 소추가 불능하게 되는 것입니다. 이 시효라는 것도 발달된 법률사상이 낳은 것입니다. 비정한 법률도 시효를 인정하고 있는 판인데, 하나의 원한을 장장 이십 년, 아니 십오 년 동안을 품어 왔다는 이 놀라운 사실에 우리는 착목할 필요가 있습니다.

이십 년, 또는 십오 년이란 세월은 웬만한 대사건도 망각 속에 파묻혀 버리는 시간입니다. 그동안 지구 위엔 대사건이 연달아 일어났습니다. 창상滄桑의 변화도 있습니다. 원수가 되었다가 다시 동지가 된 시간입니다. 어떠한 원한도 이슬 녹듯 사라지고 원수끼리 서로의 손을 잡을 수 있는 시간인 것입니다. 그럼에도 불구하고 그 원한을 십오 년 동안이나 품어 와선 드디어 살해하기에 이르렀으니 이 사실을 통해서 본관은 피고인 한스의 본성이 범인을 넘어선 흉포성·잔인성·집요성을 지니고 있는 것이라고 지적하지 않을 수 없습니다.

그러니 죄질과 경위, 국가사회와 전 세계에 미치는 영향, 또이 알렉산드리아의 위신을 위해서 알렉산드리아 형법이 규정한 극형, 즉 무기형을 요구할 것이지만 육친을 비명에 잃었다는 만인이 공감할 수 있는 슬픔을 참작해서 징역 십오 년을 구형합니다.

공범 사라에게 대해선, 비범한 매력으로 알렉산드리아를 현혹하고, 인심을 매혹하고, 그 소행이 건전한 시민생활에 유독한데, 그 위에 또 이번과 같은 범행을 저질렀으니 역시 극형인 무기형을 요구할 것이지만, 애인을 위한 정열과 게르니카 비극이 낳은 고아로서의 비운을 참작해서 한스와 동량으로 징역 십오 년을 구형합니다.

구형하는 순간 신문·기타 보도관계자들의 카메라가 일제히 플래시를 터뜨렸다. 한스와 사라의 의연한 자세, 영웅의 면모가 있었다. 더욱이 이날의 사라처럼 고귀한 사라는 이때까진 보질 못했다. 이날에 찍힌 사라의 프로필이 브로마이드가 되어 시중에 범람했고, 이 브로마이드에 사라의 사인을 얻으려고 쇄도한 군중들을 그 뒤에 보았을 때 알렉산드리아의 전 시민이 나와 공감하고 있었다는 사실을 알았다.

검사의 논고와 구형이 있은 뒤 이어 변호인 A의 변론이 있었다.

변호인 A의 변론

동기엔 동정을 금할 수 없으나, 그것이 미치는 결과를 생각해서 엄벌에 처해야겠다는 것이 검사의 논고 요지였습니다.

일견 그럴듯한 말이나, 우리는 냉정하게 그런 사고방식을 검토할 필요가 있다고 생각합니다. 나타난 결과만을 가지고 따지는 것과, 어떻게 되었더라면 그 결과가 이렇게 될 수도 있으리란 추측, 그것이 아무리 확실한 것처럼 보이더라도 그런 추측을 가지고 따지는 것과는 엄밀히 구별될 줄을 믿습니다.

일례를 들면 여기 어떤 사람이 어한禦寒을 하기 위해서 어느 집 근처에서 모닥불을 피웠다고 합시다. 그럴 때 이 사람을 일개 도시를 불태울 수 있는 결과를 가져올 것이란 추측으로 극형에 처해야 한다고 주장하고, 사실상 일개 도시를 불살라 버린 사람과 동일하게 단죄한다면 될 말이겠습니까.

그렇다면 그 동기에 충분한 동정을 할 수 있는 범행을, 이를 관대하게 처리하면 사회의 질서를 문란케 한다고 해서, 다시 말하면 이러한 행동이 속속 드러날 것이라고 추측해서 엄벌을 내릴 순 없는 것이 아니겠습니까.

어떠한 범행이라도 우리는 이것을 얼마라도 확대추측, 확대해석할 수 있습니다. 그러나 이와 같은 확대추측, 확대해석에 의한 법 운용상의 과오를 없애기 위해서 여러 가지 해석이 가능할 땐 피고에게 가장 유리한 해석을 채택해야 한다는 원칙이 서 있는 것이며, 이 원칙도 아까 검사가 들먹인 발달된 법률사상에 바탕을 두고 있는 것입니다.

또 일벌백계주의란 법 운용상태가 있으나, 이것처럼 위험하며 비인도적인 법 운용이란 있을 수 없는 것입니다. 하나를 희생시키고 다수를 살린다는 뜻은 간단한 산수 문제 같습니다. 그럴듯한 외양을 갖추고 그럴듯한 논리도 갖추고 있습니다. 그만큼 해독도 또한 큰 것입니다.

인신어공人身御供이나 희생제가 통용된 미신의 시대, 전쟁과 같은 극한상황이 아니고서야 하나를 죽이고 다수를 살린다는 문제 설정은 있을 수 없는 것입니다. 하나를 다수를 위해서 희생시켜야 하는 경우란 극한상황입니다. 그러한 극한상황에서 마지못

166

해 불가피하게 상황의 강박에 의해서 취해질 마지막, 그야말로 최후의 수단이지 일반적인 원칙으로서 일벌백계를 내세울 수는 없는 것입니다. 다수와 소수라고 하면 산술적 설득력을 가지고 있지만, 지금 다수라고 하는 그것도 하나를 단위로 이루어진 것이고 언제 그것이 다수를 위해서 희생되어야 할 하나가 될는지 알 수 없는 것입니다.

문제를 냉정하게 검토해 봅시다. 아까 말한 바와 같이 극한상황, 또는 극한정세를 제외하고 "하나를 희생시켜 다수를 위한다."고 할 때, 언제나 희생되는 사람은 확실하게 존재하고 있는데, 위함을 받는 다수는 막연한 존재인 것입니다. 그러니 죄는 어디까지나 죄상과 정상 그대로를 확대추리와 확대해석을 피하고 다루어야 하지, 일벌백계 사고방식을 도입해서 죄상파악과 정상참작에 영향을 끼치는 일이 있어선 안 되는 것입니다.

막연한 관념적 추리 위에 관념적 다수를 위해서 구체적이고 생명 있는 한 사람을 희생시키거나 부당하게 엄벌하는 일이 있어서는 안 됩니다.

법률은 개인의 복수를 금하고 있는 것은 사실입니다. 그러나 본건은 특수한 성격을 지니고 있습니다. 개인의 복수를 금하는 것은 개인을 대신해서 법률이 이를 처리해 준다는 전제가 암암리에

승인되어 있는 것입니다. 그런데 본건의 경우 개인의 원한을 법률이 처리할 수 있는 방법이 전연 없는 것입니다.

법률이 보장해 주지 않는 인권은 개인 스스로가 보장해야 하지 않겠습니까. 법이 처리하지 못하는 불법은, 혹은 고의로 처리해 주지 않는 불법은, 그것이 결정적으로는 불법이라는 단정이 내린 것이라면 당사자 개인이 이를 처리할 수 있다는 어떤 모럴이 허용되어야 하지 않겠습니까. 법률은 자체의 미급함을 항상 반성하고 법률에 우선하는, 그러나 법률화할 수 없는 이러한 도의를 인정해야 옳지 않겠습니까. 법률만이 모든 것을 처리하고, 법에 위배한 일체의 처리는 그것이 인정에 패반悖反됨이 없고 공의에 어긋나는 점이 없음에도 부당하다고 생각하는 건 법률의 오만이 아니겠습니까. 그러한 오만이, 법률이 본래 존귀하게 보장해야 할 인간의 가치를 하락시킴으로써 법률 본래의 목적에 위배하는 결과가 되지 않겠습니까.

불법이지만 정당하고, 합법이지만 부당한 인간행위가 있는 것입니다. 이런 복잡 미묘한 인생에의 이해에 입각해서, 한정되고 불안한 법률의 능력을 인식할 때 비로소 인간을 위한 법률 운용이 가능한 것이라고 본 변호인은 믿고 있습니다.

아까 검사는 한스의 범행 동기의 근원이 된 엔드레드의 행위가 공무집행 행위로서 완료된 것이라고 말씀하셨습니다만, 공무집행이기 때문에 모두가 정당하며 이에 대한 방해·반항·사후 시정 등의 노력이 부당하다는 단정, 즉 불법이면 부당하다는 단정은 너무나 조급한 판단이 아닐까 이렇게 생각이 됩니다. 그러한 판단이 인간을 위한 법 운용이 아니고 법률을 위한 법 운용이란 경화된 태도가 아니겠습니까.

여기서 문제된 국가의 공무집행이란 두말할 것 없이 나치 독일의 공무를 말하는 것입니다. 전 세계를 살상의 도가니 속에 몰아넣고 천수백만 명의 인명을 앗은 나치 독일의 흉포한 범죄의 일환을 공무집행이란 말로써 검사는 엄폐하려 하고 있습니다. 아까 검사는 또 엔드레드의 행위를 공무집행이라고 말하고, 그 월권된 부분에 대해선 독일의 사직이 의법 처단했을 것이고, 안 했으면 국정이 다른 탓이니 그것을 논의한다는 건 내정간섭에 속하는 일이라고 했는데, 검사는 이 점에서 분명히 문제점을 착각하고 계십니다. 나치 독일의 공무집행 상황을 우리는 간섭하려는 것이 아니라, 이 사건의 심리에 필요한 정도로 그 상황을 검토해 보자는 것입니다. 내정간섭이 아니라, 인도의 입장에서 비판해 보자는 것입니다. 아무리 타국의 일이라도 우리는 인도에 벗어난 행위는 이를 규탄해야 하며, 비판할 수 있는 권리와 의무를 가지고 있는 것입니다.

나치는 천수백만의 인명을 살해했습니다. 공무집행으로서 아우슈비츠의 직원들은 매일 유태인과 정치범을 가스실에 넣어 죽였습니다. 그것을 비난하는 것도 내정간섭이겠습니까.

엔드레드가 요한을 잡아간 것은, 요한이 유태인을 숨겨 주었다는 죄로써 그랬고, 고문해서 치사케 한 것도 숨겨 놓은 유태인이 있을 것이니 그것을 자백하라고 강요한 행위였던 것입니다. 다시 말하면 엔드레드의 공무집행은 유태인 학살에 관련된 공무인 것입니다. 한스의 행동을 공무집행자에 대한 반항이라고 보아도 좋습니다. 그렇다면 한스는 바로 이러한 범죄적 공무집행에 대해 반항한 것입니다. 유태인 학살이란 공무집행에 반항했다고 해서 단죄할 수 있겠습니까. 나치의 범행은 이미 뉘른베르크의 법정에서 인도상의 대죄악으로서 판정되어 있지 않습니까. 아까 알렉산드리아 법정의 위신을 말했는데, 만약 검사와 같은 논법에 본 법정이 지배된다면 그야말로 알렉산드리아 법정은 세계 앞에서 그 면목을 잃고 말 것입니다.

검사는 십오 년 동안이나 원한을 품고 왔다고 해서, 이 사건을 피고의 흉포하고 잔인한 성격의 소치로 돌렸습니다. 이는 실로 본말 전도된 의견이라고 아니할 수 없습니다. 십오 년 동안이나 어머니와 아우에게 대한 사랑을 고스란히 지녀 왔다는 사실엔 착목하지 않고, 그로 인한 원한을 잊지 못한 갸륵함이 높이 평가해야 할 미덕이란 점엔 눈을 가리고, 그의 성품을 흉포하고 잔인하다고 지적하는 마음을 본 변호인은 섭섭하게 생각합니다.

오늘날 우리들이 범하는 과오는 대개 건망증에서 온 것입니다. 옛날의 원한을 잊지 않았던들 오늘날 우리는 이처럼 나약하지는 않을 것입니다. 옛날의 실패를 잊지 않았던들 오늘날 이와 같은 추태는 없었을 것입니다. 오늘날 인류의 문화는, 또한 미덕은 건망증에 걸려 있는 대다수 가운데 건망증에 걸리지 않은 극소수의 사람들이 건재해 있는 덕택입니다. 너무나 심한 건망증 때문에 골치를 앓고 있는 사회에서 건망증에 걸리지 않았다고 해서 흉포한 성품을 지녔다는 말은, 사랑을 일시적인 발작으로 알고, 아무리 고귀한 감정도 지나쳐 버리면 헌신짝 잊듯 하는 이 세상에서 영원한 사랑을 간직한 귀한 감정을 지닌 사람을 흉포하다고 하는 말밖엔 되지 않습니다.

여기서 참고로 말씀드릴 것은, 피고 한스는 자기가 직접 당한 학대에는 일체 적개심을 갖지 않았으며, 원한을 품지도 않았다고 합니다. 그러나 사랑하는 사람이 당한 학대는 이를 참지 못하겠다는 것입니다. "사랑이란 사랑하는 사람의 원한을 풀어 주는 실천이다. 사랑이란 사랑할 수 있는 용기를 말한다." 이것이 한스의 신념인 것입니다.

하지만 살인 행위는 벌을 받아야 합니다. 동시에 이 사랑하는 사람을 위한 무상행위엔 상을 주어야 합니다. 이 딜레마는 상을 주어야 할 행위에 상을 주지 않음으로써, 벌을 주어야 할 부분에 벌을 주지 않도록 상쇄함으로써 해결이 될 줄 믿습니다. 그렇다고 해서 본 변호인은 한스와 사라가 살인 행위를 했다고 인정하는 것은 아닙니다. 살인 행위를 했다고 가정하더라도 그렇다는 말씀입니다. 이 문제에 관해선 변호인 B씨의 변론에 기대하겠습니다.

상피고 사라 안젤에 관해선, 우연히 그 현장에 있다가 친구 또는 애인의 위급을 구하기 위한 단순한 행동이며, 사라가 게르니카의 딸이란 점에서 정상이 한스와 같다고 보고, 어디까지나 한스가 주된 입장에 있는 사람이므로 한스에의 변론이 사라 안젤의 변론을 겸한 뜻이 되리라고 믿습니다.

재판장 및 그리고 열석하신 배심원 제씨, 인도의 이름 아래 또 이 알렉산드리아 법정의 명예를 위해서 여러분의 양식이 한스와 사라 양 피고에게 무죄의 결정을 내릴 것을 믿어마지 않습니다.

변호인 B씨의 변론

이제 변호인 A씨로부터 본건을 도의적·인도적·법이론적으로 본, 명쾌하며 정열적이고 감동적인 변론이 있었기 때문에 나는 일체의 이론을 배제하고, 본 사건의 진상을 구체적으로 분석하고자 합니다.

검사는 논고에서 피고인 한스와 사라가 공모해서 엔드레드를 살해했다고 주장하고 있습니다. 피고인들도 그렇게 했다고 자백하고 있습니다. 그러나 본 변호인은 이러한 주장과 자백에 이의를 제출합니다. 피고들의 자백은 결과적으로 엔드레드가 죽었으니, 그 결과에 대한 도의적 책임으로 자기들이 살해한 것이라고 말하는 것이지, 사건의 진상은 그렇지가 않습니다.

우리는 한스가 원수를 갚아야 한다고는 항시 생각하고 있었으나 어떻게 원수를 갚을 것이냐 하는 방법과 형태는 미처 생각하지 않았다는 점에 착목해야 할 것입니다.

혹시 엔드레드의 반성을 촉구하고 고향으로 돌아가 어머니와 아우의 무덤 앞에 사죄를 시키고, 그것으로써 어머니와 아우의 원한을 풀었다고 했을는지도 모릅니다. 혹은 또 엔드레드를 화가 풀릴 때까지 구타하고, 그것으로 복수를 끝냈을는지 모를 일입니다. 그러나 한스의 성품, 그의 고향에서 입수해 온 한스의 기왕의 행적으로 봐서 이런 경우는 충분히 있을 수 있는 일이라고 생각합니다. 그리고 원수를 갚아야겠다는 생각과 살의를 품었다는 것과를 혼동해선 안 됩니다. 한스와 사라는 어디까지나 살의를 품었다고 말하고 있지만, 이런 말 역시 결과에서 거슬러 올라간 도의적이고 양심적인 태도의 표현일 따름입니다. 허기야 이놈을 잡기만 하면 죽여 버리지, 하는 생각을 왕왕 했었을 것이란 사실은 응당 있었을 것입니다. 그러나 죽여 버리지, 하는 막연한 상념과 꼭 죽이겠다는 결의와는 다른 것입니다. 만약 한스가 그런 결의를 했다면, 그러한 어떤 흔적이 있어야 할 것이 아니겠습니까. 사건이 발생한 후, 한스의 소지품을 샅샅이 들췄지만 하나의 무기 비슷한 것도, 약물도 발견하지 못했습니다. 사라를 시켜 권총을 가져오게 했다고 하나, 그건 사실과 다릅니다. 사라가 호신용으로 항시 권총을 휴대하고 다녔다는 사실은 여러 증인들이 말하고 있는 것입니다.

그러나 엔드레드가 죽은 사실은 어떻게 할 수가 없습니다. 사라와 한스가 공모해서 살해했다는 피상적이지만 그렇게 단정할 수 있는 조건도 갖추어져 있습니다. 그런데 여러 증인의 증언을 종합하면 이렇게 되어 있습니다.

한스가 요한에 관한 사실을 추궁하자, 엔드레드는 그런 얘기는 집어치우라고 하면서 사라 가까이 가선 입술을 사라의 어깨에다 대려고 했습니다. 사라는 엔드레드의 뺨을 치고 "게슈타포의 앞잡이."라고 욕설을 퍼부었습니다. 이때 한스가 엔드레드, 하고 고함을 질렀습니다. 엔드레드는 한스와 사라에게 폭행을 할 기세를 보였습니다. 체격으로 보아 한스는 엔드레드의 적이 아니었습니다. 그래 사라는 엉겁결 권총을 꺼냈습니다. 그땐 벌써 엔드레드의 손에도 권총이 쥐어져 있었습니다. 그런데 누가 먼저 권총을 꺼냈는지는 분명하지 않습니다. 요는 엔드레드의 권총과 사라의 권총이 서로 대치된 몇 순간이 있었던 것만은 사실입니다. 엔드레드는 나를 쏘면 한스도 죽는다는 위협을 했다고 합니다. 이런 순간 한스는 재빠른 동작으로 앞에 있는 탁자를 엔드레드 쪽으로 뒤집은 것입니다. 이 불의의 습격 바람에 엔드레드는 뒤로 나가떨어져 후두부에 심한 타박상을 입었습니다. 검시 결과 충분히 치명상이 될 수 있는 뇌진탕 증세를 나타내고 있었습니다. 그때 엔드레드의 마지막 경련이 사라에겐 권총을 쏠 것 같은 동작으로 보였던 것입니다. 그래 사라는 엔드레드의 어깨를 향해 두 발의 탄환을 쏜 것입니다. 엄밀하게 말하면 사라는 죽어가는 시체, 또는 이미 시체가 된 엔드레드를 향해서 권총을 쏜 것입니다.

결정적 사인은 넘어질 때 일으킨 뇌진탕이란 건 검시자 일동의 보고서로써 확실합니다. 그런데 뇌진탕을 일으키게 한 원인엔 두 가지가 있습니다. 하나는 한스가 탁자를 뒤엎은 동작, 하나는 엔드레드 자신의 취기. 만약 엔드레드가 대취하지 않았더라면 뒤엎이는 탁자를 피할 수 있었을 것이고 탁자에 부딪혔다고 해도, 그렇게 쉽게 나가떨어지지는 않았을 것입니다. 그리고 사라가 쏜 탄환은 하나는 빗맞고 하나는 오른편 어깨를 관통하고 있었는데 이것은 치명상이 될 수 없는 것입니다.

이상을 간추려 보면 한스가 엔드레드를 향해서 탁자를 뒤엎은 행위는 어느 모로 보나 정당방위입니다. 그러니 한스의 행동은 정당방위에 의한 과실치사, 사라의 행위도 역시 정당방위에 의한 상해, 또는 과실치사, 좀 더 엄격하게 말하면 정당방위의 과잉으로 인한 시체상해, 이렇게 됩니다.

정당방위에 의한 과실치사는 당 알렉산드리아 법정의 판례에 의하면 벌금 이상의 형을 받은 적이 없습니다. 그러니 정당방위의 과잉으로 인한 시체상해도 그 이상의 처벌 대상이 되지 못합니다. 이런 진상과 아까의 변호인 A씨가 말한바 정상을 참작하면, 양 피고에게 응당 무죄의 판결이 내려야 할 줄 믿습니다.

여기에서 한 가지 부언하고 싶은 것은 예루살렘에서의 아이히만 재판을 상기해야 된다는 점입니다. 누구도 아이히만을 예루살렘으로 끌고 간 사람을 죄인이라고 생각하지 않습니다. 이스라엘 국내에선 물론, 전 세계의 사람들이 그를 죄인이라고 생각하지 않습니다. 그러니 한스의 경우 엔드레드를 예루살렘으로 데리고 가서 죽였던들 그의 행위는 문제도 되지 않았을 것입니다. 그러나 한스에겐 엔드레드를 데리고 갈 예루살렘이 없습니다. 유태인 아니고 한스가 엔드레드를 예루살렘으로 넘겨줄 생각도 없었습니다. 이런 경우 엔드레드에게 원한을 품은 한스는 어떻게 해야 옳았겠습니까. 설혹 이 사건이 살인사건으로 판정되더라도 이와 같은 과실치사, 또 정당방위 본능에 의한 시체상해 사건이라고 본 변호인은 주장하고, 재판장 및 배심원 제씨에게 인도의 이름 아래 이 알렉산드리아 법정의 명예를 위해서 피고들에게 무죄판결 있기를 바랍니다.

검사의 논고, 변호인들의 변론이 있은 후, 알렉산드리아 시민들의 이 사건에 대한 관심은 클라이맥스에 달했다. 언도공판이 있는 날은 법정 내는 물론, 법원 앞 광장에 인파가 가득 차고도 남은 군중이 거리에까지 넘쳐, 기마경찰까지 출동해서 교통정리를 하는 등, 소란이 일어났다. 그런데 개정하자마자 모여든 사람들은 아연했다. 뜻밖인 실로 뜻밖인 사태가 벌어졌다.

재판장은 착석하자, 서기를 시켜 다음과 같은 결정 사항을 낭독케 한 것이다.

당 알렉산드리아 법정은 한스·사라 사건에 관해서 다음과 같이 결정한다.

한스 셀러와 사라 안젤이 이 결정이 있은 후 일 개월 이내에 알렉산드리아에서 퇴거할 것을 조건으로 판결을 보류하고 즉시 석방한다.

알렉산드리아에서 한스 셀러와 사라 안젤이 퇴거하지 않을 때는, 다시 날을 정하여 판결 보류를 해제하고 언도공판을 연다.

이 결정은 알렉산드리아 검찰청과의 합의 아래 이루어진 것이다.

이 결정은 판결이 아니므로 판례로서 취급하지 않는다. 이상.

알렉산드리아 제일심 법원백.

이 결정이 내린 뒤의 군중의 흥분과 소란을 기록할 필요가 있을까. 이 결정을 순순히 받아들여 석방되어 나오는 한스와 사라, 특히 사라를 환영하는 군중의 거의 광란에 가까운 흥분상태를 상세히 묘사할 필요가 있을까.

어떤 신문은 이 법원의 결정을 알렉산드리아 법원의 역사 이래 처음으로 보여 준 파인 플레이라고 격찬했고, 어떤 신문은 법원이 정당한 의무를 회피한 것이라고 논평하기도 했다.

나는 한스와 사라가 석방된 것은 반가웠으나, 일 개월 이내에 알렉산드리아를 퇴거해야 한다는 사실엔 가슴이 아팠다.

사라는 기자회견을 통해 알렉산드리아 퇴거 후의 플랜을 다음과 같이 말했다.

"나는 한스와 결혼할 것입니다. 그리고 뉴질랜드 근처의 섬을 하나 살 작정입니다. 내겐 그만한 돈이 있습니다. 그 대신 비행기를 열 대쯤 사고 비행사를 양성해서 사들인 비행기에다 폭탄을 가득 싣고 독일의 어떤 도시를 폭격해서 게르니카의 복수를 해야 한다는 계획은 포기했습니다. 내가 태평양 가운데 있는 섬을 사는 것은, 독일의 어떤 도시를 폭격하겠다는 계획을 포기한 데서 남은 돈으로써 충당된 것입니다."

그 뒤의 한 달 동안 한스와 사라는 분주했다. 첫째, 사들일 섬을 물색하는 일. 거기다가 소 알렉산드리아를 만들기 위한 설계와 재료 사들이기. 사라의 재산은 본인의 예상을 훨씬 상회한 막대한 금액이었다. 태평양 한가운데 소 알렉산드리아를 만들고도 남을 거액이었다. 그 돈을 모조리 찾아내는 바람에 알렉산드리아의 대은행은 비명을 올렸다. 법원의 결정을 저주한 부류가 있다면 첫째가 은행, 둘째가 안드로메다의 주인, 셋째가 나.

사라는 나더러,

"같이 섬으로 가지 않겠느냐."고 물었다.

한스도,

"꼭 같이 가자."고 했다.

그러나 나는 알렉산드리아를 떠나지 못하겠다고 했다. 나는 형님을 이 알렉산드리아에서 기다려야 하기 때문이다.

그들에게 내가 마지막으로 읽어 준 형에게서 온 편지는 다음과 같은 것이다.

"동이 틀락 말락한 무렵이면 참새들은 잠을 깨나 부다. 그중에서도 제일 먼저 잠을 깬 새가 밖으로 나온다. 당번제가 돼 있는지 모르지. 그 새가 오동나무나 벚나무에 앉는다. 그러고는,

'쨱 쨱' 하고 운다.

이건 필경 신호일 게다. 이 구멍 저 구멍에서 새들이 기어 나온다.

'쨱 쨱' 하는 소리가 늘어간다. 인사를 주고받는 듯 소리의 종류가 다채로워지고, 억양의 변화도 느껴진다.

'짹 째 짹' 하는 소리, '째째 짹' 하는 소리, '째 째 짹', '째째 짹' 하는 소리 등 여러 가지 소리의 부피가 커 간다. 그 새소리가 나의 귀의 컴컴한 동굴 속으로 갈잎 위를 스치는 미풍처럼, 동굴 속의 선모를 쓰다듬으며 고막에 이른다. 고막의 진동은 대뇌, 소뇌의 골짜구니에 메아리친다. 그 메아리 소리가 높아 가면 나의 중추신경은 드디어 잠을 깬다.

오늘도 나는 이런 과정을 밟아서 잠을 깼다. 그러나 오늘은 내게 있어서 다른 날과 약간 다른 의미를 가지고 있는 날이다. 이날로써 내가 이 궁전에 유폐된 지 꼬박 3년이 되기 때문이다. 3년. 날수론 1,092일, 시간수론 2만 6,252시간, 분으론 157만 5,120분.

잘도 견디어 왔다. 팔짱을 끼고 하늘을 쳐다보며 높은 담장 밑을 하염없이 걷고 있으면 영락없이 장기수의 모습이 된다. 세인트헬레나에서의 나폴레옹 같은 풍채를 닮아 보려고 하지만 이 동양의 황제는 그처럼 화려하지 못하다. 외관도 그렇거니와 회상에 있어서도 그렇다. 내가 이곳에 오기까진 세인트헬레나의, 옛날 나폴레옹이 살고 있었던 집의 못池에 나폴레옹이 살고 있었을 무렵에 있던 거북이 아직도 살아 있었다고 했는데, 그 거북이 지금까지 살고 있는지 알려주면 좋겠다. 누구의 안부를 묻는 것보다 그 거북의 안부를 묻고 싶다.

이제 3년이 지났으니까 남은 건 7년이다. 눈도 코도 귀도 입도 없는 세월이니 단조롭기 짝이 없지만, 지난 3년을 돌이켜 볼 때 참으로 빠르게 흘렀다. 견디는 현재는 지루한데 지나 버린 시간이 빨라 뵈는 것은 내용 없는 시간이기 때문에 그렇다는 것을 겨우 알았다. 1년 전 그날이나, 한 달 전 그날이나, 그제의 날이나, 어제의 날이나 꼭같이 무내용하니까, 흘러가 버리고 나면 한 덩어리가 되어 버리는 모양이다.

그러니까 앞으로의 7년도 문제가 없으리라고 생각한다. 청춘을 다 썩힌다는 비애가 없지 않지만 사람들이 청춘이면 그저 좋은 줄 알아도, 따져 보면 아까운 청춘을 가진 사람이란 거의 없는 것이다. 청춘은 무한한 가능으로써 빛나는 것인데, 그 가능성을 충전하게 활용한 사람이 도대체 몇이나 될 것인가 말이다. 되레 가능을 봉해 버린 감방에 앉아, 가능했는지 모르는 청춘의 가능을 헤아려 보는 감상이 나을는지 모른다.

그러나저러나 7년만 지나면 이 초라한 황제도 바깥바람을 쏘일 수 있을 것이다. 그때의 행동 스케줄을 지금부터 작성하고 있는 것도 좋은 일이 아닌가.

나는 누에 모양 스스로 뽑아낸 실로써 고치를 만들어, 그 속에 드러누워 번데기가 되었다. 세상 사람들은 모두들 나를 죽었다고

카스파르 다비트 프리드리히의 〈바다의 월출〉

견디는 현재는 지루한데 지나 버린 시간이 빨라 뵈는 것은
내용 없는 시간이기 때문에 그렇다는 것을 겨우 알았다.
고치의 벽을 뚫고 나가기만 하면, 가장 황홀하게 불타고 있는 불꽃 속에
단숨으로 뛰어들어 흔적도 없이 스스로를 태워 버렸으면 하는.

생각할 것이다. 죽었다고까진 생각하지 않아도, 죽은 거나 마찬가지라고 생각하고 있을 것이다. 그러나 나는 번데기이긴 하나 죽지는 않았다. 언젠가 때가 오면, 내 스스로 쌓아 올린 이 고치의 벽을 뚫고 나비가 되어 창공으로 날 것이다. 다시는 장난꾸러기 아이들에게 잡혀 곤충 표본함에 등에 바늘을 꽂히우고 엎드려 있는 꼴은 당하지 않을 것이다. 간악한 날짐승을 피하고, 맹랑한 네발짐승도 피하고, 전기가 통한 전선에도 앉지 않을 것이고, 조심스레 꽃과 꽃 사이를 날아 수백수천의 알을 낳을 것이다.

그러나 한편 이런 생각도 든다. 일단 이 고치의 벽을 뚫고 나가기만 하면, 가장 황홀하게 불타고 있는 불꽃 속에 단숨으로 뛰어들어 흔적도 없이 스스로를 태워 버렸으면 하는.

수백수천의 알을 낳았다고 하자. 결국은 모두가 번데기가 될 운명에 있는 것이 아닌가. 번데기가 되어도 나비까지 될 수 있으면 좋지만, 간악한 인간들은 고치의 벽을 뚫기 전에, 고치와 더불어 뜨거운 물속에 집어넣어 삶아 버리는 것이다.

"희망은 무한하다. 그러나 나는 글러먹었다." — 카프카

인간의 근원적인 자유이건 역사의 필연이건, 다만 그런 것은 마음의 조작에 불과한 것이다. 그러나 이 조작의 방식 여하에 따라 생의 건설 방식이 달라진다.

지금 내가 있는 이 옥사는 72개의 감방을 가지고 있다. 대충 계산해 보니 무기수를 빼고도 2천 년의 징역이 이 옥사에 들어앉아 있는 것이다. 그러니 이 감옥 전체를 합하면 몇 만 년의 징역이 될지 모른다. 감옥 속에서의 산술은 언제나 이렇게 터무니가 없다.

'사람을 죽여서 굶주린 개의 창자를 채워라.'

누구의 말이던가?

벽의 낙서를 본다.

또렷또렷 새겨진 '忍之爲德'이란 글자 ('참는 것이 덕이니라.' — 이렇게 주석까지 달고). '미결통산 120일.' '입소 단기 429X년 X월 X일. 만기 단기 42XX년 X월 X일.' '사랑하는 영아.' '살자니 고생이요. 죽자니 청춘.' '여우의 연구.' '무전이 유죄로다.' '법률의 올가미' '왜 생명을 깎아야 하나.' '변소의 낙서만도 못한…….' [B와 K에 있어서의]……

일본인들이 한국을 합병하자마자 지었다는 감옥. 수십 년의 역사. 낙서를 통해서 나타난 역사의 단면. 고통의 흔적. 그 지저분한 낙서투성이의 추잡한 벽은, 곧 이곳에 있는 우리들의 심상 풍경의 축도다.

꼬박 3년을 지내고 앞으로 또 7년을 바라보니, 품위 있는 황제도 이런 푸념밖엔 할 것이 없고나.

그러나 사랑하는 아우. 알렉산드리아에서의 너의 행복을 빈다."

이 편지를 통해서 눈에 떠오르는 형의 지쳐 버린 얼굴. 한스도 사라도 그들의 행복을 부끄럽게 여기지 않을 도리가 없는 모양이었다.

"언제든지 꼭 와요."

"형님을 모시고 우리들 같이 살도록 하자."

태평양의 섬으로 떠나면서 사라와 한스가 내게 남겨 놓은 말들이다.

꿈속으로 오라는 꿈같은 이야기.

결국 내게는 나의 육친인 형밖에 없는 것이다. 그런데 형은 왜 형의 애인에 관해선 일언반구의 언급도 없을까.

날이 샐 모양이다. 동이 트기 시작한다. 그 요란한 전등불의 수繡의 광채가 차츰 없어져 간다. 이윽고 태양이 오를 것이다. 클레오파트라의 눈동자에 생명의 신비를 쏟아 넣은 태양이, 누더기를 입고 안드로메다의 골목길에서 프리지아 꽃을 파는 소녀의 눈동자에도 역시 생명의 신비를 쏟아 넣을 것이다. 태양은 더욱더욱 그 열도와 광도를 더해선, 음탕한 알렉산드리아의 꿈을 산산이 부수고 그 잡스러운 생활의 골짜구니를 가차 없이 비쳐 낼 것이다.

　나의 불면의 눈꺼풀은 무겁다. 그러나 나는 애써 중얼거려 본다. "스스로의 힘에 겨운 뭔가를 시도하다가 파멸한 자를 나는 사랑한다." 형이 즐겨 쓰는 니체의 말이다. 그러나 이 비장한 말도 휘발유가 모자란 라이터가 겨우 불꽃을 튀겼다가 담배를 갖다 대기 전에 꺼져 버리듯, 나의 가슴에 공동의 허전한 메아리만 남겨 놓고 꺼져 버린다.

한 운명론자의 두 얼굴

_이병주의 《소설 · 알렉산드리아》

김종회(문학평론가)

1. 삶과 문학, 또는 체험의 서사

체험소설의 특성과 한계를 통해 손창섭을 거론하는 자리에서, 필자는 다음과 같이 쓴 적이 있다.

"예술적 형상은 현실의 반영"이라는 등식이 통용되던 시대의 작가는, "그 명제가 옳지만 단지 그것만을 주장한다면 이는 오류"라는 판단이 일반화된 시대의 작가보다 행복했을지도 모른다. 세계관과 창작방법의 분리문제를 걱정하지 않아도 좋았던 시대적 상황 속에서 작품 활동을 한 작가는 "험악한 시대를 깨어 있는 정신으로 살았다"고 말한 밀턴의 아포리즘에 충실하면 그만이었다.

기교주의나 과도한 형식 실험을 동반한 모더니즘 문학과, 사회적 실천 문제를 앞세운 보다 직접적인 화법의 리얼리즘 문학이 독자들의 공감대를 나누어 가지는 오늘날에 이르러 체험 중심의 문학은 일견 단조롭고 덜 세련되어 보이기도 한다. 하지만 그와 같은 단계를 밟아오면서 우리 문학의 내용이 다져졌다고 할 때, 결코 전 시대의 투박한 문학이 지금의 개량된 시각으로부터 일축될 수 없다.

이 말은 작가의 체험을 직접적으로 반영하고 있는 리얼리즘 문학의 입지를 설명하기 위한 것이었다. "나는 나의 다리를 이끌어주는 유익한 램프를 갖고 있다. 그것은 '체험'이란 램프다"라고 O. 헨리가 말했는데, O. 헨리식 인식의 방법으로 살펴보기에 이병주는 손창섭 이상의 효용성을 가진 작가다.

이병주는 1921년 경남 하동에서 출생하여 1992년 고희를 넘긴 지 얼마 안 되는 나이에 타계했다. 일본 메이지대학 문예과와 와세다대학 불문과에서 수학했으며, 진주 농과대학과 해인대학 교수를 역임하고 부산《국제신보》주필 겸 편집국장을 지냈다. 그가 살아온 세월은 "일본 제국주의가 이 나라를 통치하던 시절로부터 해방공간을 거쳐, 남과 북의 이데올로기 및 체제 대립과 6·25 동란, 그리고 남한에서의 단독 정부 수립 등 온갖 파란만장한 역사의 굴곡이 융기하고 침몰하던 격동기"였다.

이와 같은 작가의 이력과 그 배경이 되는 시대사가 맞물리면서, 그는 학병이나 감옥을 비롯한 극단적인 체험에서부터 심지어 빨치산 부역자로 지목되는 등, 그야말로 소설의 소재가 되고도 남을 인생유전人生流轉의 주인공이 되었다. 그러한 까닭으로 단편이나 장편을 막론하고 자신이 살았던 시대를 배경으로 한 소설들에는, 그러한 자전적 체험과 세계인식의 기록이 편만해 있다.

이 글은 이처럼 독특한 삶을 탁발한 소설 제작 능력과 더불어 문학화한 작가 이병주, 그리고 그의 소설에 있어 '문열이'로 알려져 있는 작품 《소설·알렉산드리아》를 중점적으로 살펴보는 일을 목표로 한다. 그로써 이병주 문학의 소설에 대한 관점과 그 이후 백화난만하게 전개되는 소설의 방향성을 도출해볼 수 있을 것으로 여겨지기 때문이다.

2. 첫 소설과 그 운명의 방향성

이병주의 첫 작품은 대체로 1965년, 그러니까 불혹을 훨씬 넘긴 나이에 발표한 《소설·알렉산드리아》로 알려져 있으며, 작가 자신도 이 작품을 데뷔작으로 치부하곤 했다. 하지만 실제에 있어서 첫 작품은 1954년 《부산일보》에 연재되었던 장편 《내일 없는 그날》이었으며, 이를 통해 그는 오랫동안 심중에 품어왔던 작가로서의 길이 어떨지 시험해본 것 같다.

우리는 그의 데뷔작 《소설·알렉산드리아》를 읽고 눈을 크게 뜨고 놀란 여러 사람의 글을 볼 수 있으며, 그로부터 40년이 지난 오늘에 그 작품을 다시 읽어보아도 한 작가에게서 그만한 재능과 역량이 발견되기는 참으로 쉽지 않은 일이겠다는 감회를 얻을 수 있다.

산뜻하면서도 품위 있게 진행되는 이야기의 구조, 낯선 이국적 정서를 작품 속으로 끌어들여 누구든 쉽사리 접근할 수 있도록 용해하는 힘, 부분 부분의 단락들이 전체적인 얼개와 잘 조화되면서도 수미상관하게 정리되는 마무리 기법 등이 이 한 편의 소설을 형성하고 있었으니, 작가로서는 아직 무명인 그의 이름을 접한 이들이 놀라는 것은 무리가 아니었다고 할 수밖에 없다.

작가는 자신의 문학적 초상에 관해 서술한 글에서 이 작품을 두고 '소설의 정형'을 벗어난 것이지만 그로써 소설가로서의 자신이 가진 자질을 가늠할 수 있다고 적었는데, 미상불 그 이후에 계속해서 발표된《마술사》,《예낭 풍물지》,《쥘부채》등에서는 그 소설적 정형을 완연히 갖추면서도 오히려 그것의 고정성을 넘어서는 창작의 방식을 보여주기 시작하였다.

뿐만 아니라 이 첫 작품에는, 향후 그의 소설세계 전체의 진행 방향으로 또는 그가 설정하고 있는 소설의 운명적 존재양식에 관한 예표가 여러 유형으로 함축되어 있다. 전상국의《동행》이나 이청준의《퇴원》이 그러하듯이 한 작가의 첫 작품이 그와 같은 예표의 기능을 감당하는 사례는 흔히 있는 경우이거니와, 이병주의《소설·알렉산드리아》는 더 나아가 이 작가가 새롭게 고양할 수 있는 문학성의 수준도 함께 추산하게 한다. 데뷔작이 그러하기까지 작가의 역량도 역량이지만, 늦깎이로 시발하는 그 지점에서 작품의 부피 또는 깊이에 공여할 수 있는 삶의 관록과 세상사의 이치를 투시하는 안목이 결코 간략하지 않았던 것이다.

《소설·알렉산드리아》에서 볼 수 있는 고독한 수인囚人의 자가 발전적 철학의 세계, 그 범주가 넓고 그 내용이 드라마틱한 이야기를 끌고 나가는 특별한 인물들, 시대사와 사회사를 읽고 평가하며 설명하는 기록자의 존재, 인생의 운명을 소설의 발화방식에 기대에 표현하는 결정론적 시각, 그리고 우리 근·현대사의 불합리를 추출하면서 역사와 문학의 상관성을 드러내는 방식 등이 이 한 편의 소설 가운데 잠복해 있는 셈이다.《소설·알렉산드리아》를 구체적으로 점검하려는 이 글은, 그러므로 그러한 소설적 요소들을 적시摘示하고 분석하는 형태로 제시될 수밖에 없다.

3. 새로운 얼개, 새로운 담론의 조합

1. 고독한 황제, 수인(囚人)의 환각

《소설·알렉산드리아》의 화자인 '나'는 알렉산드리아의 몇 안 되는 지인知人들에게 '프린스 김'으로 불린다. 이 호명은 중층적 뉘앙스를 가지고 있다. 김해 김씨가 김수로왕의 후예라는 사실은 외형적 안전장치에 불과하고, 실상은 한국의 감옥에 있는 화자의 형이 스스로를 수인으로 있는 '고독한 황제'라 지칭하는 그 인식의 증폭현상을 수긍하는 방식으로 주어진 것이다. 그러므로 '나'는 이국에 있는 왕제王弟또는 황제皇弟이며, '나'가 빈한한 악사인

만큼 대양大洋을 넘는 의식 내부의 증폭작용은 그 감응력이 만만치 않다. '나'는 이를 매우 시니컬한 시각으로 바라보고 있지만, 그 굴레로부터 벗어날 수 없고 또 벗어나려 하지도 않는다.

화자가 '프린스'이기 위한 필요조건이 아니라 충분조건으로 형은 수형受刑중인 황제이다. 형의 수감이 작가의 감옥 체험을 반영하고 있기는 앞서 언급한 바와 같다. 그런데 수인이 황제로 탈각할 수 있는 그 인식의 증폭은 형과 나를 하나로 묶는 탈공간적 기능을 수반한다.

> 그랬는데 지금의 나는 너와 더불어 알렉산드리아에 있고, 여기에 이렇게 웅크리고 있는 나는 나의 그림자, 나의 분신에 불과하다는 환각을 키우려는 것이다.
> 사랑하는 아우. 웃지 말라. 고독한 황제는 환각 없인 살아갈 수 없다. ······

한국의 감옥에 있는 형이 먼 이국 알렉산드리아에 있는 동생과 의식적 연대 또는 동일시를 가져올 수 있는 논리적 근거는 이 소설 속에 매우 친절하게 피력되어 있다.

교양인, 또는 지식인은 난관에 부딪쳤을 때 두 개의 자기로 분화한다. 하나는 그 난관에 부딪쳐 고통을 느끼는 자기, 또 하나는 고통을 느끼고 있는 자기를 지켜보고, 그러한 자기를 스스로 위무慰撫하고 격려하는 자기로 분화된다. 그러니 웬만한 고통쯤은 스스로가 스스로를 위무하고 지탱하고 격려하면서 견디어 낸다.

고독한 황제의 환각을 가진 형은 충분히 그 자신을 분화하여 또 하나의 자신을 알렉산드리아에 있는 동생에게 보낼 수 있는 인식 능력의 소유자이다. 동생이 형의 편지를 중개하고 있다는 점은, 곧 형의 인식이 동생을 통해 그 콘텐츠를 개방한다는 의미에 이르게 한다.

이때의 화자인 '나'와 형은 한 인물이 가진 두 개의 속성, 다시 말해 인식의 주체와 그것의 기록자 또는 해설자라는 두 유형으로 분화된 일란성 쌍생아와도 같다. 우리는 이러한 이중적 인물 유형을 그 동안 익히 보아 왔다. 이상의《날개》에 등장하는 '나'와 아내가 그러하고, 헤르만 헤세의《지성과 사랑》에 등장하는 나르치스와 골드문트가 또한 그러하다.

자신을 고독의 성에 유폐된 황제로 수납하는 한 운명론자가,

하나의 얼굴은 한국의 감옥에 그대로 두되 다른 하나의 얼굴은 멀리 알렉산드리아까지 접촉점을 확장한 형국이다. 그러기에 소설의 말미에서 황제의 또 다른 얼굴인 '나'의 정황이 쓸쓸함을 극한 형태로 주어질 수밖에 없는 것이다.

2. 특별한 인물, 특별한 발화법
'나'를 한국으로부터 알렉산드리아로 운반해 간 말셀 가브리엘은 이렇게 서술되어 있다.

> 말셀 가브리엘. 불란서 사람이면서 화란선和蘭船을 타는 선원船員. 키가 너무 커 육지에서 살기가 거북하기 때문에 선원이 되었다는 말셀. 그는 육지에 있으면 바다가 그리워서 견디지 못하고, 바다에 있으면 육지가 그리워서 견디지 못하는 성격을 가졌다고 한다. 그래서 그는 스스로를 동경병환자憧憬病患者라고 부른다. 동경병환자이기 때문에 남의 동경을 이해하고 그 이해가 나를 코리아에서 이 알렉산드리아로 인도했고, 이 호텔에까지 나를 데리고 온 것이다.

말셀만 해도 그 특징적 성격과 이국적 풍모로 인하여 능히 소설의 주인공이 될 만하다. 그러나 이병주의 특별한 인물 형상력은 거기서 여러 걸음 더 앞으로 나아간다. 본격적으로 특별한 인물, 그러나 소설의 보편적 질서 속에 장착될 수 있는 상식을 갖춘 인물로서, 사라 안젤과 한스 셸러가 등장하면 말셀은 도입부의 서곡序曲에 머물고 만다.

사라 안젤!

나는 이 여인을 어떻게 표현했으면 좋을지 알 수가 없다. 알렉산드리아에서가 아니면 볼 수 없는 여인이라고나 할까.

(중략)

소녀처럼 청순하고 귀부인처럼 전아하고 정열에 빛나는가 하면 고요한 슬기에 잠긴 것 같고, 관능적이면서 영적靈的인 여인.

이는 작가가 처음으로 사라의 외형을 묘사한 것이지만, 정작 사라의 가치는 그 빼어난 외모 속에 범상한 인본주의적 심성과 그 것의 실천력을 감춘 인물이라는 데에 있다. 그 사라가 '나'와 친밀하게 소통될 수 있는 원인은 인간적 진실의 소중함을 아는 데 있고, 그것은 사라가 게르니카 폭격이라는 엄청난 학살 사건의 피해자라는 체험과 맞닿아 있다. 이러한 관계는 독일인이면서 게슈타포의 피해자인 한스 셸러와의 관계에서도 마찬가지이다.

이 인물들은 마침내 한스의 동생을 죽인 엔드렛드를 징치하고, "알렉산드리아의 연대기사가年代記史家가 꼭 기록해 두어야 할 대사건의 중심부"로 부각된다. 이들은 이 도시의 법정과 언론과 여론을 들끓게 하고, 그에 관한 작가의 수준 있는 식견과 방법론이 소설 가운데로 편입되는 효과적인 발화법을 유발한다. 좀 거칠게 말하자면 이병주가 아니면 감당하기 어려운 인물의 설정이요 그 인물들을 유다른 사건 속에 매설하는 방식이라 할 터이다.

3. 기록자의 눈, 매개 기능의 확대

이병주의 초기 작품들에는 문약한 골격에 정신의 부피는 방대한 문학청년이 등장한다. 이는 거의 모든 작품에 나타나는 '감옥 콤플렉스'와 함께 작가의 현실 체험이 반영된 범례이며 두고두고 그의 소설을 간섭하는 하나의 원형이 된다. 그런가 하면 예를 들어 《지리산》에 등장하는 주요 인물들, 작가가 특별한 애정을 갖고 그 성격을 묘사하고 있는 박태영이나 하준규, 그리고 이규 같은 인물은 일제 말기의 학병과 연관된 공통점을 가지고 있다. 그 '치욕스런 신상'과 한반도의 걷잡을 수 없는 풍운이 마주쳤을 때 이들의 삶이 어떤 궤적을 그려나갈 수밖에 없었는가를 뒤쫓고 있는

데, 이 역시 현실 체험의 소설적 형상에 해당한다.

이병주의 소설 세계를 통틀어 우리가 주목해야 할 하나의 요체는《지리산》에서의 이규와 같은 해설자의 존재이다. 그 해설자는 이름만 바꾸었다 뿐이지 다른 작품들에서도 거의 유사한 존재 양식을 갖고 나타난다. 예컨대《관부연락선》에서 이 군 또는 이 선생으로 불리는 인물,《산하》에서 이동식으로 불리는 인물, 한참을 거슬러 올라가서《쥘부채》같은 초기 작품에 나오는 대학생 동식이라는 인물도 모두 본질이 동일한 '이 선생'이다.

이 해설자들은 보다 더 직접적으로 작가 자신의 체험과 세계 인식을 반영하고 있다. 작가는 이 해설자에게 시대와 사회를 바라보고 판단하고 평가하는 자기 자신의 시각을 투영했으며, 그런 만큼 그 해설자의 작중 지위는 작가의 전기적 행적과 상당히 일치되는 특성을 나타낸다.

만약에 그 해설자가 불학무식하거나 당대의 한반도 현실에 대해 사상적이며 철학적 사유를 할 수 없는 인물로 그려진다면, 작가는 애초부터 스스로의 심중에 맺혀서 울혈이 되어 있는 이야기들을 풀어낼 수가 없는 것이다. 불학무식한 부역자를 주인공으로 한 조정래의《불놀이》와 좌파 지식인을 주인공으로 한 같은 작가의《태백산맥》이 동일한 작가의 작품이면서도 역사와 현실을 읽는 시각의 수준에 현저한 차이를 드러내는 것이 여기에 좋은 보기가 됨직하다.

《소설·알렉산드리아》에서 '나'의 존재는 바로 그러한 해설자의 시초로 자리매김된다. 형과 사라, 형과 한스, 사라와 한스는 모두 나를 매개로 하여 관계성을 가지며, '나'는 그 관계들의 의미와 그로 인한 사건의 발생 및 결말 전반을 해설해야 하는 책무를 끌어안고 있다. 그러한 측면에서 '나'는 작가의 눈을 대신하고 있으며, 작가는 '나'를 내세움으로써 소설의 한 가운데로 자신의 인식을 진입시킨다. 그러므로 형의 감옥 체험과 나의 극히 이국적인 사건 체험은 궁극적으로 작가의 그것으로 요약될 수 있는 터이다.

4. 소설적 운명론, 운명론의 소설화

《소설·알렉산드리아》에 등장하는 사라와 한스의 사건에 대한 논란들은, 이 사건이 가진 운명론적 딜레마의 구조에 주목하고 있다. 다음은 《알렉산드리아 데일리 뉴스》의 사설이란 이름으로 기록된 것이다.

이러한 한스의 태도는 유럽의 기사도, 일본의 무사도를 방불케하는, 그러니까 공감할 수는 있으나 실천하기는 어려운 일이다. 자기 희생이 병행되기 때문이다. 이건 도의가 짓밟히고, 사랑이 기교화하고, 편리화하고, 수단화한 오늘날에 있어선 상당히 높게 평가해야 할 모럴이라고 아니할 수 없다.

말하자면 장려할 수도 있는 모럴이다. 이와 동시에 우리는 사람을 죽이거나 폭행을 해서는 안 된다는 모럴도 소중히 해야 할 처지에 있다. 이건 분명히 하나의 딜레마다. 이 딜레마는 만약 이와 같은 모럴을 처벌하지 않으면, 복수의 모럴이 유행해서 사회의 질서를 혼란케하지 않을까하는 우려와, 만약 이 모럴을 처벌하면 보기 드문 인간의 미덕을 벌하는 결과가 되지 않을까 하는 우려의 딜레마로써 현실화한다.

이 기묘한 상황에 당착한 딜레마는, 그 딜레마적 상황 자체로서도 범인류적 공감을 불러일으킬 소지가 약여하다. 이른바 운명론적 상황인 것이다. 이 운명의 사슬에서 문제를 풀어낼 해결책이 소설로써 주어질 수 있다면, 그 해결책은 곧 인류사적 문제 해결에 필적하는 묘안이 될 수 있다. 그것은 또한 그렇게 광대한 모양새로 던져진 작가의 질문과, 그에 대한 온당한 답변의 마련이, 어떤 경로로 작동하고 있는가를 보여주는 대목이기도 하다.

법원은 사라와 한스의 문제에 대해 다음과 같이 결정했다.

한스 셀러와 사라 안젤은 이 결정이 있은 후 1개월 이내에
알렉산드리아로부터 퇴거할 것을 조건으로 판결을 보류하고 즉
시 석방한다.
알렉산드리아에서 한스 셀러와 사라 안젤이 퇴거하지 않을
때는, 다시 날을 정하여 판결 보류를 해제하고 언도 공판을 연다.

추방이라는 형식을 빈 방면에 뒤이어, 두 사람은 결혼하기로
하고 뉴질랜드 근처의 섬을 하나 사서 이주한다. '나'는 따라 가자
는 권유를 뿌리치고 남는다. 그것은 '나'의 운명이다. 알렉산드리
아에서 형을 기다려야 하기 때문인데, 그것은 형이 그리로 온다는
의미가 아니라 형을 대신하여 이 쓸쓸한 세계를 관찰해야 한다는
의미를 더 강하게 내포한다. 이병주식 운명론자에 있어 과분한 행
복은 사치일 수 있다. 그렇게 절제된 관념은, 클레오파트라의 눈
동자에 생명의 신비를 쏟아넣은 태양이, 누더기를 입고 안드로메
타의 뒷골목에서 꽃 파는 소녀에게도 꼭 같이 시혜된다는 포괄적
판단력을 가능하게 했을 것이다.
주인공들이 가진 진실한 인본주의적 동질성과 더불어, 이들

은 각기 자신의 민족을 대표하는 운명도 함께 끌어안고 있다. 한국과 스웨덴과 독일, 모두 전란의 상흔이 가슴 깊이 새겨진, 불행한 과거를 소유한 나라들이다. 이 주인공들은 민족적 비극과 아픔을 공유하면서 그것의 상징적 해결 방안으로, 하나의 악한, 그 악한 과거를 죽였다. 민족적 운명의 표식을 이마에 내어건 이들로 하여금, 그 살인 사건과 더불어 운명론적 인식을 감당하도록 재촉하는 결말이다.

4. 이병주 문학의 의미와 그 계승

현실적 삶의 운명론적 구조를 납득할 때, 《소설 · 알렉산드리아》의 화자인 '나'와 '나'의 형은 형이 감옥에 있어야 할 이유를 수긍하는 것으로 된다. 전체적인 이병주의 작품 세계에서 보자면, 이러한 운명론자의 얼굴은 초기 단편을 거쳐 역사 소재의 소설들에서 현저하게 강화된다. 이 소설에 나타난 사라와 한스의 고통스러운 삶, 소설 속에서 매우 소상히 제시되는 아우슈비츠의 학살 등은 한일관계의 민족사를 넘어서 형을 수인으로 만든 개별적 운명의 처참한 사정을 환기한다. 개인적 삶의 구체성에 설득력이 있을 때, 비로소 역사의 횡포는 그 실상이 설명되는 것이라는 이병주의 문학관이 여기서 잘 드러난다.

나는 비로소 이 곳에 내가 있어야 할 이유를 알았다. 불효한 아들이었다. 불실한 형이었다. 불실한 애인이었다. 불성실한 인간이었다. 이 세상에 나지 안 했으면 좋았을 사람이 본연적本然的으로 지닌 죄. 원죄原罪라고 해도 좋다. (중략) 그래서 이제야 나는 나의 죄를 찾았다. 섭리攝理란 묘한 작용을 한다. 갑甲의 죄에 대해서 을乙의 죄명罪名을 씌워 처벌하는 교묘한 작용을 하는 것이다.

근대사의 굴곡을 넘어 광풍처럼 밀어 닥친 현실적 삶의 불합리한 상황 가운데, 사상범으로 감옥에 있는 형은 '비로소' 자신의 죄명을 발견한다. 그러한 역사의 운명적 작용과 그 그물에 걸린 개인의 참담한 운명을 이병주는 여러 유형의 역사소설로 썼던 것인데, 특히 역사와 문학의 상관성에 대한 그의 통찰은 남다른 데가 있어 역사의 그물로 포획할 수 없는 삶의 진실을 문학이 표현한다는 확고한 시각을 정립해 놓았다.

매우 오래전 어느 자리에서, 필자는 그에게 "역사적 기록의 신빙성에 대해 어떻게 생각하느냐"는 선문답류의 질문을 던져 본 적이 있었다. 그때 그는 서슴없이 "역사는 믿을 수 없는 것"이라는 답변을 내놓았다. 표면상의 기록으로 나타난 사실과 통계수치로서는, 시대적 삶의 실상이 노정한 질곡과 그 가운데 스며 있는 사람들의 뼈아픈 사연들을 제대로 반영할 수 없다는 논리였던 것이다.

바로 그 우리 문학사에 보기 드문 작가 이병주가 유명幽明을 달리한 지도 어언 28년이 되었다. 강력한 체험적 인식의 작가, 소설적 운명론의 뛰어난 형상력, 그리고 근·현대사 전체를 아우르는 시각의 역사성……. 우리는 이 작가에게서 문학적 세계관의 넓이와 깊이, 그리고 그것을 소설로 풀어내는 장쾌한 작품 구조와 호활한 문체를 배웠어야 했다.

더욱이 시대 현실에 대한 소설적 각성도 사라지고 삶의 여러 부면을 절실하게 반영하는 리얼리즘적 표현 방식도 쇠퇴하여, 대다수의 소설들이 얄팍한 문장을 앞세운 기교주의와 개별적인 형식 실험에 침윤해 있는 오늘날, 이병주와 같은 걸출한 작가, '새로운 한국의 발자크'를 기대하는 것이 섣부른 꿈으로 그치고 말 것 같아 안타까운 것이다.

작가연보

1921   3월 16일 경남 하동군 북천면에서 아버지 이세식과 어머니 김 수조 사이에서 태어남.

1933   양보공립보통학교 13회 졸업.

1940   진주공립농업학교 27회 졸업.

1943   일본 메이지대학 전문부 문예과 졸업.

1944   와세다대학 불문과에 재학 중 학병으로 동원되어 중국 쑤저 우蘇州에서 지냄.

1948   진주농과대학과 해인대학(현 경남대학)에서 영어, 불어, 철학을 강의.

1954   문단에 등단하기 전《부산일보》에 소설《내일 없는 그날》연재.

1955   《국제신보》에 입사, 편집국장 및 주필로 언론계에서 활동.

1961   5·16 때 필화사건으로 혁명재판소에서 10년 선고를 받고 복역 중 2년 7개월 후에 출감. 외국어대학, 이화여자대학 강사를 역임.

1965   중편〈소설·알렉산드리아〉를《세대》에 발표함으로써 문단에 등단.

1966   〈매화나무의 인과〉를《신동아》에 발표.

1968   〈마술사〉를《현대문학》에 발표.《관부연락선》을《월간중앙》에

연재(1968. 4.~1970. 3.) 작품집《마술사》(아폴로사) 간행.

1969   〈쥘부채〉를 《세대》에, 〈배신의 강〉을 《부산일보》에 발표.

1970   《망향》을 《새농민》에 연재, 장편 《여인의 백야》(문음사) 간행.

1971   〈패자의 관〉(《정경연구》) 등 중단편을 발표하는 한편, 《화원의
        사상》을 《국제신보》, 《언제나 은하를》을 《주간여성》에 연재.

1972   단편 〈변명〉을 《문학사상》에, 중편 〈예낭풍물지〉를 《세대》에,
        〈목격자〉를 《신동아》에 발표. 장편 《지리산》을 《세대》에 연재.
        장편 《관부연락선》(신구문화사) 간행. 영문판 〈예낭풍물지〉, 장
        편 《망각의 화원》 간행.

1973   수필집 《백지의 유혹》(강남출판사) 간행.

1974   중편 〈겨울밤〉을 《문학사상》에, 〈낙엽〉을 《한국문학》에 발표.
        작품집 《예낭풍물지》 영문판(세대사) 간행.

1976   중편 〈여사록〉을 《현대문학》에, 단편 〈철학적 살인〉과 중편 〈망
        명의 늪〉을 《한국문학》에 발표, 창작집 《철학적 살인》(한국문학),
        《망명의 늪》(서음출판사) 간행.

1977   중편 〈낙엽〉과 〈망명의 늪〉으로 한국문학작가상과 한국창
        작문학상 수상, 창작집 《삐에로와 국화》(일신서적공사), 수필집
        《성-그 빛과 그늘》(서울물결사), 《바람과 구름과 비》(동아일보사)
        간행.

1978   중편 〈계절은 그때 끝났다〉, 단편 〈추풍사〉를 《한국문학》에
        발표. 《바람과 구름과 비》를 《조선일보》에 연재, 창작집 《낙
        엽》(태창문화사) 간행, 장편 《망향》(경미문화사), 《허상과 장미》(범
        우사), 《조선일보》에 연재되었던 《미와 진실의 그림자》(대광출판

사),《바람과 구름과 비》(물결출판사) 간행. 수필집《사랑받는 이
브의 초상》(문학예술사),《허상과 장미》(범우사), 칼럼《1979년》(
세운문화사) 간행.

1979   장편《황백의 문》을《신동아》에 연재, 장편《여인의 백야》(문음
사),《배신의 강》(범우사),《허망과 진실》(기린원) 간행, 수필집《사
랑을 위한 독백》(회현사),《바람소리, 발소리, 목소리》(한진출판사)
간행.

1980   중편 〈세우지 않은 비명〉, 단편 〈8월의 사상〉을《한국문학》에
발표. 작품집《서울의 천국》(태창문화사), 소설《코스모스 시첩》
(어문각),《행복어 사전》(문학사상사) 간행.

1981   단편 〈피려다 만 꽃〉을《소설문학》에, 중편 〈거년의 곡〉을《월
간조선》에, 중편 〈허망의 정열〉을《한국문학》에 발표. 장편《풍
설》(문음사),《서울 버마재비》(집현전),《당신의 성좌》(주우) 간행.

1982   단편 〈빈영출〉을《현대문학》에 발표.《그해 5월》을《신동아》에
연재. 작품집《허망의 정열》(문예출판사), 장편《무지개 연구》(두
레출판사),《미완의 극》(소설문학사),《공산주의의 허상과 실상》(신
기원사), 수필집《나 모두 용서하리라》(대덕인쇄사),《용서합시다》
(집현전), 소설《역성의 풍 · 화산의 월》(신기원사),《행복어 사전》
(문학사상사),《현대를 살기 위한 사색》(정음사),《강변 이야기》(국
문) 간행.

1983   중편 〈그 테러리스트를 위한 만사〉를《한국문학》에, 〈소설 이
용구〉와 〈우아한 집넘〉을《문학사상》에, 〈박사상회〉를《현대문
학》에 발표, 작품집《그 테러리스트를 위한 만사》(홍성사), 고백록

《자아와 세계의 만남》(기린원),《황백의 문》(동아일보사) 간행.

1984 장편《비창》을 문예출판사에서 간행, 한국 펜문학상 수상, 장편《그해 5월》(기린원),《황혼》(기린원),《여로의 끝》(창작문예사) 간행.《주간조선》에 연재되었던 역사기행《길 따라 발 따라》(행림출판사), 번역집《불모지대》(신원문화사) 간행.

1985 장편《니르바나의 꽃》을《문학사상》에 연재. 장편《강물이 내 가슴을 쳐도》와《꽃의 이름을 물었더니》,《무지개 사냥》(심지출판사),《샘》(청한), 수필집《생각을 가다듬고》(정암),《지리산》(기린원),《지오콘다의 미소》(신기원사),《청사에 얽힌 홍사》(원음사),《악녀를 위하여》(창작예술사),《산하》(동아일보사),《무지개 사냥》(문지사) 간행.

1986 〈그들의 향연〉과 〈산무덤〉을《한국문학》에,〈어느 익일〉을《동서문학》에 발표,《사상의 빛과 그늘》(신기원사) 간행.

1987 장편《소설 일본제국》(문학생활사),《운명의 덫》(문예출판사),《니르바나의 꽃》(행림출판사),《남과 여—에로스 문화사》(원음사),《남로당》(청계),《소설 장자》(문학사상사),《박사상회》(이조출판사),《허와 실의 인간학》(중앙문화사) 간행.

1988 《유성의 부》(서당) 간행, 대하소설《그해 5월》을《신동아》에, 역사소설《허균》을《사담》에,《그를 버린 여인》을《매일경제신문》에, 문화적 자서전《잃어버린 시간을 위한 메모》를《문학정신》에 연재,《행복한 이브의 초상》(원음사),《산을 생각한다》(서당),《황금의 탑》(기린원) 간행.

1989 《민족과 문학》에《별이 차가운 밤이면》연재. 장편《소설 허

균》,《포은 정몽주》,《유성의 부》(서당), 장편《내일 없는 그날》
(문이당) 간행.

1990   장편《그를 버린 여인》(서당) 간행,《꽃이 된 여인의 그늘에서》
(서당),《그대를 위한 종소리》(서당) 간행.

1991   인물평전《대통령들의 초상》(서당),《달빛 서울》(민족과 문학사)
간행,《삼국지》(금호서관) 간행.

1992   《세우지 않은 비명》(서당) 간행. 4월 3일 오후 4시 지병으로 타
계. 향년 72세.

1993   《소설 정도전》(큰산),《타인의 숲》(지성과 사상) 간행.

김종회

김종회(金鍾會)는 경남 고성에서 태어나 경희대학교 국어국문학과를 졸업하고 동 대학원에서 문학박사 학위를 받았으며 26년 간 경희대학교 국어국문학과 교수로 재직했다. 1988년《문학사상》을 통해 문학평론가로 문단에 나온 이래 활발한 비평 활동을 해 왔으며《문학사상》,《문학수첩》,《21세기문학》,《한국문학평론》등 여러 문예지의 편집위원 및 주간을 맡아 왔다. 한국문학평론가협회, 한국비평문학회, 국제한인문학회, 박경리 토지학회, 조병화시인기념사업회, 한국아동문학연구센터 등 여러 협회 및 학회의 회장을 지냈다.

현재 황순원문학촌 소나기마을 촌장, 이병주기념사업회 공동대표, 한국디카시인협회 회장을 맡고 있다. 김환태평론문학상, 김달진문학상, 편운문학상, 유심작품상, 한국문학평론가협회상, 시와시학상, 경희문학상, 창조문예문학상 등의 문학상을 수상했으며 평론집으로《문학과 예술혼》《디아스포라를 넘어서》,《문학에서 세상을 만나다》,《문학의 거울과 저울》《영혼의 숨겨진 보화》등이 있고《한국소설의 낙원의식 연구》,《한민족 디아스포라 문학》등의 저서와《오독》,《글에서 삶을 배우다》,《삶과 문학의 경계를 걷다》등의 산문집이 있다.

사단법인 일천만이산가족재회추진위원회 사무총장, 통일문화연구원 원장 등을 지내며 북한문학과 해외동포문학에 대한 깊은 학문적 관심을 갖게 되었고《북한문학의 이해 4권》및《북한문학 연구자료 총서 4권》과

《한민족 문화권의 문학 2권》및《해외동포문학 전집 24권》등을 편찬했다.

한국문학평론가협회 회장으로 있는 동안《한국근현대시 100권》,《한국근현대소설 100권》,《한국근현대평론 50권》,《한국근현대수필 50권》을, 한국아동문학연구센터 소장으로서《한국근현대동시 100권》,《한국근현대동화 100권》등을 편찬했다.